포레스트 웨일 공동 작가

벚꽃 아래
봄을 쓰다

이겸 | 김채림(수풀) | 김선호 | 임만옥 | 명랑소녀 | 꿈꾸는 쟁이
언덕_위,우리 | 류광현(광현) | 강대진 | 지란지교 | lilylove
이라현(케이쬬띠) | 신희연 | 경이(kyoungee) | 강민지 | 김예빈
아루하 | 글그림 | 신선우 | 숨이톡 | 임영균 | 조현민 | 유자차
박유선 | 하라 | 이세(김병후) | 허단우 | 이지아 | 이상헌 | 0526
신지은 | 온채원 | 신윤호 | 이혜림 | 민들레 | 안세진 | 주변인
솔트(saltloop) | 일랑일랑 | 황서현 | 카린 | 김감귤 | 최이서
사랑의 빛 | 사랑별 | 박주은 | 정현우 | 새벽(Dawn) | 유진
김종이 | 정원이 | 동형 | 박하향 | 원종빈 | 아낌 | 휴원 | 김지안
반오늘 | 윤현정 | 별견듯 | 김혜연 | 뚜작 | 백현기 | 문병열 |
연하늘 | 손아정 | 다은

FOREST
WHALE

차례

포레스트 웨일

공동 작가

벚꽃

우연

꾸역꾸역 넘기는 편지지엔
구겨진 자국들이 가득하네,

우린 어떤 형태로든
다시 만날 거라고 했던 너는

비가 오면 날 찾아온다고 했던
너는 오지 않네

어쩌면 맞지 않는 우리 온도에 생긴 결로 같은 걸까
뚝뚝 떨어지는 축축한 이 눈물들은

어떤 형태로든 다시 만날 거라고

영원히 사랑해 보다는

평생을 지킬게라는 말을 건네고 떠나버린 너에게

아직도 보내지도 못할
편지를 쓰는 건,

말로는 온전히 못 전하는 마음을
담을 수 있을 수 있기에

오래된 기억 야금야금 먹으며
힘낼 수 있기에

그렇게 나에게만 각박한 봄나무 밑에서
네가 나를 다시 찾아오기를

봄비 속 뛰었던 우리가
다시 뛰어다닐 수 있다는 생각으로

벚꽃이 흐드러지게 내리는 나무 아래
분홍빛 편지지를 꺼내며
다시 한번 우연을 믿어본다.

벚꽃 축제

흩날리는 벚꽃잎을
가만히 보고 있으면
기분이 화사해진다
몇 번을 잡아봐도
이미 새겨져 버린
봄향기...
눈을 뜨면 사라지는
꿈처럼 멀어지는 봄

벗꽃을 기다리며

차가운 바람이 불어오는가 싶더니 어느덧 눈이 펑펑
내리는 한겨울이 되었다. 아무리 방한용품을 준비하
고 옷을 껴입어 보아도 여전히 몸과 마음이 시리다.
아니, 시리다 못해 아려온다. 눈이 내리는 창밖을 바
라보다가 한껏 몸을 움츠리며 벗꽃이 피기를 기다린
다. 벗꽃을 보고 있으면 나도 모르게 웃음과 눈물이
동시에 터지면서 아주 깊은 데에서부터 마음이 뜨거
워지기 시작한다. 왜냐하면 엄마와 마지막으로 인사
하던 그날, 병원 앞에는 벗꽃이 흐드러지게 피어 있었
기 때문이다.

2023년 4월, 딸과 조카의 생일이 단 하루 차이라서
가족들이 함께 모여 생일파티를 하러 내려갈 계획을
세웠다. 내일이면 할머니를 볼 수 있다며 아이들은 잔

뜩 신이 나서 뛰어다녔다. 코로나19로 인하여 병원 안에 모두가 함께 모여 있을 수는 없으니 요양원 1층 로비에서 케이크에 촛불을 꽂아 사진을 찍자며 하루의 일과를 계획했다. 산들산들 불어오는 바람과 그에 맞추어 흐드러지게 핀 벚꽃이 춤을 추는 덕분에 사진이 참 예쁘게 나올 것 같아 나 역시도 잔뜩 기대되었다.

그런데 그날 저녁부터 엄마는 정신이 혼미해지기 시작했다. 비록 힘들고 지친 기색이 있기는 하였지만, 분명 어제까지만 하더라도 농담을 주고받을 정도의 상태였기에 순식간에 엄마의 상태가 이렇게 악화될 것이라고는 생각조차 하지 못했다. 그리고 토요일 아침이 되자, 엄마 가슴과 코에 달려 있던 의료기기들에 빨간 불이 들어오고 날카로운 소리를 내기 시작했다. 그리고 병원에서는 엄마를 단독 병실로 옮겨주었고 가족들을 불러오라고 이야기했다. 감사하게도 아이들의 생일 덕분에 금방 가족들이 모일 수 있었다. 지난 10여 년 동안 고비라고 생각한 순간들이 많이 있었지만, 이미 혼탁해진 눈동자와 가쁜 숨을 몰아쉬는 엄마를 보자마자 나는 한순간에 알 수 있었다.

"이제는 진짜 마지막이구나….."

엄마는 이미 의식이 흐려져서 대화가 불가능해졌지
만, 조금이라도 기운이 남아 있을 때 딸과 조카에게
할머니와 인사할 기회를 주고 싶었다. 그리고 엄마가
몇 달 전부터 이번 딸과 조카의 생일 선물로 주고 싶
어 미리 구매해 두었던 분홍 성경책도 챙겨서 고사리
같이 작은 손들에 쥐여주었다. 이전과는 조금은 달리
많이 힘들어하는 할머니를 보며 아이들이 놀라면 어
쩌지 하는 걱정이 들었지만, 아이들은 선물을 받고 할
머니께 감사하다며 뽀뽀를 해 주고 안아 주었다.

그렇게 우리는 엄마와의 마지막을 준비하기 시작했
다. 엄마를 휠체어에 앉혀 한 손은 내가, 다른 한 손은
누나가 꼬옥 잡고 애써 괜찮은 척 이런저런 시답지
않은 이야기로 엄마에게 말을 걸었다. 그렇게 한참을
서로 하고 싶은 말을 엄마에게 쏟아놓다가 보니, 엄마
눈에는 눈물이 주르륵 흐르고 있었다. 다행히도 엄마
는 우리 이야기를 잘 듣고 있었던 것 같다.

그날 저녁, 온 가족이 병원에 있지를 못해서 누나가 엄마 곁을 지키기로 하고 집으로 돌아왔다. 토요일 저녁부터 엄마는 다시는 깨어나지 못할 깊은 잠을 잘 준비를 하는 듯했다. 병원에서는 시간이 얼마 남지 않았으니 가족들을 다시 불러서 마지막을 준비해야 하는 것이 어떻겠냐고 물었다. 하지만 누나와 나는 곧 일정이 있으신 아버지께 차마 이야기를 하지 못하고, 아버지께서 일정을 마칠 때까지 조금만 기다리기로 하였다. 기나긴 밤을 지새우며 누나는 엄마 귀에 속삭였다고 한다.

"엄마, 조금만 기다려! 아빠랑 아들이 곧 올 테니, 그때까지만 좀 기다려줘!"

엄마는 누나의 간절한 목소리를 들었는지, 엄마는 정말 우리 가족 모두가 모일 때까지 기다려 주었다. 감사하게도 온 가족이 함께 모여 엄마가 천국으로 떠나는 길을 배웅하였다. 홀로 천국으로 떠나는 엄마를 위해 무엇을 해 줄 수 있을까 고민을 하다가, 그동안 엄마가 참으로 좋아하고 힘들 때 위로받았다고 했던

'선한 능력으로' 찬양을 계속 들려주기로 하였다. 그렇게 엄마는 가족들을 울음 섞인 인사와 찬양을 들으며 2023년 4월 23일 저녁 흩날리던 벚꽃과 함께 천국으로 떠났다.

어느덧 엄마가 하나님 곁으로 떠난 지 2년이 다 되어가고 있다. 이제 다시는 엄마를 볼 수 없다는 사실이 너무나도 가슴 아프고 슬프지만, 그보다도 이제는 엄마가 더는 아프지 않고 천국에서 편안하게 쉴 수 있다는 점이 정말 감사하다. 물론 아무렇지 않은 건 아니다. 요즘은 '사무치게 그립다'라는 말이 어떤 감정인지 뼈가 저리게 느끼고 있다. 그럴 리 없다는 것을 알면서도 운전을 하다가 지나가는 사람의 뒷모습을 보며 괜스레 돌아보게 되고, 쇼윈도에 걸린 투피스 정장을 보며 엄마에게 너무 잘 어울리겠다며 옷감을 만지작거리고 있는 나를 발견하곤 한다. 정신 차리고 뒤돌아서면 가슴이 무너져 내리는 것 같은 공허함과 상실감이 몰려온다.

눈이 내리는 겨울이 되면 몸과 마음이 더욱 시려오는

것 같다. 그리고 하루빨리 봄이 오면서 벚꽃이 피어나 온 세상이 분홍색으로 물들어 가기를 기다리게 된다. 벚꽃이 언제 피어날까 생각을 한 저녁에는 어김없이 꿈에 엄마가 찾아온다. 그러면서 시간이 있을 때면 흩날리는 벚꽃과 함께 엄마를 '추억'하는 시간이 잦아졌다.

● 추억(追憶) : 지난 일을 돌이켜 생각함.

국어사전에 따르면 '추억'이란 '追(쫓을 추)', '憶(생각할 억)'을 사용하여 지난 일을 돌이켜 생각한다는 뜻을 지니고 있다. 追(쫓을 추)는 쫓는다는 뜻과 더불어 '거슬러 올라가다'라는 의미를 가지고 있다. 거기에다가 憶(생각할 억)은 心(마음 심)과 意(뜻 의)가 결합한 글자이니, '추억'한다는 것은 단지 생각하는 것으로 그치는 것이 아니라고 생각한다. 누군가를 '추억'한다는 것은 그 사람과 함께했던 소중한 그때 그 시절로 거슬러 돌아가 그와 함께 나누었던 시간과 감정을 마음으로, 그리고 온몸으로 느끼는 것을 의미하는 것이지 않을까 생각해 본다.

결국 '추억'한다는 것은 단지 누군가를 그리워하는 것에서 그치지 않고, 그와 함께했던 시간과 감정을 마음과 온몸으로 느끼는 것이다. 그러면서 나는 엄마에게 정말 감사하다. 왜냐하면 내년 봄이 되면 벚꽃은 흐드러지게 만개할 것이고 그때면 항상 사랑하는 아빠와 누나, 그리고 아내와 딸과 함께 흩날리며 아름답게 떨어지는 벚꽃잎 하나하나를 보면서 엄마와 함께했던 수많은 시간과 따뜻했던 감정을 떠올릴 수 있을 테니 말이다.

엄마가 천국에 가고 해를 거듭할수록 날씨와 무관하게 내 마음은 더 춥고 시려지는 것 같다. 얼어붙은 마음만큼이나 얼른 벚꽃이 피어나서 마음껏 엄마를 추억하고 싶다. 조금씩 분홍빛으로 물들어 가는 4월을 기다리며 오늘도 얼어붙은 내 몸과 체온을 위해 옷깃을 여며본다.

바람에 흩날리듯, 너도 떠나고

바람에 흩날리듯, 너도 떠나고

벚꽃잎이 바람을 타고
멀리, 아주 멀리 날아가던 날.
너도 내 곁을 떠났지.

손을 뻗으면 닿을 듯
그러나 닿지 않는 거리.
꽃잎도, 너도,
그렇게 흩어져 갔다.

아쉬움이 남아
눈을 감으면 떠오르는
그날의 꽃잎,

그날의 너.

하지만 봄이 다시 오면
벚꽃은 또 피어나겠지.
떠난 자리는 바람이 채우고
나는 그 바람을 따라
다시 살아가겠지.

꽃잎처럼 피어나던 우리

꽃잎처럼 피어나던 우리

햇살 머금은 바람에 실려
벚꽃이 피어나던 날,
우리도 조용히 피어났다.

눈부신 계절 속에서
수줍게 스친 손끝,
작은 떨림이 마음을 물들였다.

한 잎, 두 잎,
봄바람 따라 흩어지듯
우리도 언젠가 멀어졌지만,

그 순간만은 분명히,
꽃잎처럼 피어나던 우리였다.

벚꽃축제

봄이 되면
조금씩 시작되는
벚꽃축제

사람들이 옹기종기
모여 벚꽃과 함께 사진이
찍으니

벚꽃과 함께
추억을 남기리라

벚꽃

한철 짧게 피는 벚꽃이지만, 다른 계절이 아닌 봄에만
피는 벚꽃이라 더 예쁘게 보이는 건지 아니면 봄과
잘 어울리는 벚꽃이라 예쁘게 보이는 건지 잘은 모르
겠지만,
벚꽃은 불어오는 봄바람에 바들바들 떠는 벚꽃잎도
예쁘고, 봄을 촉촉이 적시는 봄비보다 봄에만 볼 수
있는 흩날리는 벚꽃 비도 참 예쁘다.
짧지만, 활짝 폈다 지는 벚꽃은 이리 보고 저리 보아
도 예쁠 뿐 아니라, 봄의 경치를 아름답게 수놓지
그렇게 벚꽃은 짧게라도 폈다 지는데 나는 벚꽃처럼
한철도 못 피우네
어찌해야 내 인생에 한철의 꽃이라도 피울 수 있으려
나....

벌써 보고 싶어

순식간에 폈다
순식간에 져 버리는
찰나의 아름다움,
저 벚꽃같이

나무를 가득 채워
사랑을 수놓고는

눈앞을 핑크빛으로 다 가릴 만큼
온 세상을 아름다움으로 채우고는

아쉬움 남기고 수없이 떨어져
거리를 가득 채운 불쌍한 꽃잎들

내 세상을 온통 사랑으로 채웠다가
나만 여기 혼자 남겨두고
서둘러 져 버린,
저 벚꽃 같은 너

벌써 가?
나는 네가,
벌써 보고 싶어

계속 있어 주면 안 될까

다시 1년을 버텨 내
널 만나길 기다려

1년을 어떻게 버틸 수 있을까
널 그리워하는 시간이
이리도 아픈데

그리고 또 그리면 1년이 지나 있을까
매일이 보고픔으로
이리도 가득한데

고통스런 하루하루를
내가 견뎌낼 수 있을까

계속 피어 있어 주면 안 될까
계속 내 옆에 있어 주면 안 될까

잠깐 나타났다 사라져 버리는
또 보고 싶어,
1년을 기다릴 수밖에 없는
잔인한 희망 고문

나만 여기 남겨두고
떠나버린 너란 벚꽃

내 봄을 다 바쳐 사랑하지만
원망스런 너란 벚꽃

벚꽃 비

벚꽃 비가 내리는 시간을 기다렸습니다.
저를 감싸줄 그대의 마음을 기다리며, 봄의 향기 또한
축복처럼 느껴집니다.

 영원히 함께할 우리 사랑을, 이토록 사랑스럽게 느낄
수 있도록 저에게 한 걸음만 더 다가와 주세요.
두근거리는 제 마음을, 이제 꼭 안아주세요.

벚꽃이 상쾌한 봄바람에 실려 내려앉고, 그 향기까지
담아 그대의 마음이 저에게로 와주시는 것처럼, 사랑
또한 벚꽃 빗속에 내립니다.

오랫동안 참고 기다렸습니다.
벚꽃 비가 내리는 그날을

저를 감싸줄 그대를 기다리며, 봄 햇살마저 축복처럼
느껴집니다.

만개한 벚꽃이 아름다운 거리 풍경과, 행복한 연인들
의 미소들이 보기 좋은 것처럼,
저 멀리 보이는 그대는, 마치 빛나는 별과 같습니다.

사랑하기에 완벽한 순간입니다.
상쾌한 바람에 실려 흩날리는 벚꽃 향기는 다가오는
사랑처럼 느껴집니다.
두근거리는 제 마음을, 이제 꼭 안아주세요.

벚꽃이 피면

그대가 피어날 앙상한 거리를
얼마나 걸었던지
끝이 보이지 않는 길 위에
그댈 향한 그리움의 끝도 없고
함께한 행복한 흔적

긴 겨울이 우리 만남을 지연시키고
애간장을 태우듯
찬바람을 퍼부었지만
점점 사라져가네요

앙상한 나뭇가지에
옥수수알처럼 봉우리를 내밀고
팝콘 터지듯 피어나는 벚꽃

왜 이리 아름다울까요?
왜 이리 보고 싶을까요?
왜 이리 걷고 싶을까요?
그대와 함께라면
축제가되는 내 마음

인생 한 페이지에
사진으로 남기고
휘날리는 그대 향기에
사랑에 빠져봅니다.
수줍은 미소가 번집니다.

봄날의 사랑은 이렇게 피어나더라

마음마저 포근해지는 봄에,
벚꽃이 만개한 나무 아래에서.

흩날리며 떨어지는 저 벚꽃잎이,
뭐가 그리 예쁜지,

넌 왜, 그 밑에서 웃고 있는 걸까...?

*

아... 떨어지는 벚꽃잎은 사랑이었구나.
그 사랑이 모여 미소가 되어 내게 닿았던 거였구나.

그래, 사랑이었구나.

벚꽃이 필 때면

아쉬움을 간직한 채
올해도 어김없이 벚꽃이 피었다.

내 마음 한 곳을
분홍빛으로 물들여놓고
떠나버린 널
벚꽃이 필 때면
하염없이 기다리고 또 기다린다.

내년에도 또
벚꽃은 피겠지?
내 맘에도...

벚꽃이 필 때면

그때였잖아.
우리의 사랑이 만발할 때
내 입이 활짝 피어
다시는 다물어지지 않을 것만 같던
벚꽃 비가 내리던 그때

너와 난 그 많은 인파 속에서도
오롯이 둘뿐이 가능했던 그때
욕심내 나의 동공에 너로 꽉 채우던
벚꽃 향기와 너의 향기만이 날 차지하던
벚꽃이 그리도 아름답던 그때...

벚꽃이 필 때면
둘이 손 꼭 붙잡고 주인공이 되어

세상 한가운데에 서 있던
다시 못 올 그때가
그리고 그대가 그립습니다.

벚꽃

떨어지는 벚꽃 아래를
너와 걸었다면 달라졌을까

제 할 일 다 하고 지는 꽃잎들이
별빛 쏟아지는 느낌이었을까

따사로운 미풍이 봄 아래 함께 한다고
우리를 사랑 앞으로 데려다주었을까

함께 걷는 그 시간들을
사진에 담는 찰나의 순간에
내게 미소 짓게 했을까

우리는 그저 멈추지 않는
봄길을 걸었을 뿐이다

그 계절에 때마침 꽃이 피었고
찬란한 길을 함께 걸었을 뿐이다

사랑이 나립니다

첫눈 오던 날
그대 향한 추억이
따스한 온기 되었지요.

얼어붙은 대지에도
차가운 냉한의 그날에도

그저
그대라는 이름으로

온 세상이
아름다웠습니다.

오늘도 그날처럼
천지에
벚꽃이 내립니다.

연분홍 수줍은 꽃잎
겹겹이 흩날리며
사랑이 나립니다.

또
나립니다.

마음 꽃이 피었습니다

흩날리는 벚꽃향기
하나둘 모아
여린 마음에 가득
담아 봅니다.

따스한 온기로
반을 채우고
상큼한 생기로
반을 채우고

필름처럼 흘러가는
지나간 세월
눈물 되어 나리고
기쁨 되어 흐르면

이제는
가슴속 깊은 곳에서
향기 되어 꽃이 핍니다.

마음 꽃이 피었습니다.

벚꽃 바람은 아름답습니다

벚꽃이 흩날리면
가만히 앉아 벚꽃을 구경하는 사람들

바다를 향해 흩날리면
파도를 향해 전진하는 사람들

사랑을 향해 흩날리면
결혼식 축하 파티를 여는 사람들

잔잔하고, 아름다운 적당한 바람에
사람들은 바람과 한 몸이 되어 갑니다

분홍빛 도는 바람에
사람들은 분홍 마음을 가지며

여유롭게 삶을 즐깁니다.

난 벚꽃 바람이 되고 싶어요.
누군가에게 휴식을 주는 사람이
누군가에게 위로를 주는 사람이
누군가에게 분홍 마음을 주는 사람이
되길 간절히 간절히 오늘도 바라봅니다.

꽃잎이 지는 날

벚꽃이 흩날리는 날,
하늘은 조용히 한숨을 쉬었다.
수천 송이 꽃잎이 부유하며
마지막 춤을 추는 거리.

손끝에 닿기도 전에
사라지는 선홍색 조각들,
붙잡으려 하면 할수록
더 멀리 흩어지는 기억들.

어쩌면, 벚꽃은 우리에게
머물 수 없는 것을 알려주는 것일지도 몰라.
아름다움은 순간이고,
사랑은 봄날처럼 스치고 간다는 걸.

오늘, 벚꽃이 진다.
그리고 우리도,
그 아래에서 한 시대를 흘려보낸다.

벚꽃의 안부

바야흐로 꽃의 계절인 봄이 왔다. 거리마다 봄의 전령사답게 파스텔색 아름다운 꽃들이 늘어져 유치원에 가는 꼬마도 월요병에 힘들어하는 어른도 은근슬쩍 미소를 짓게 한다. 나 역시 짧은 주말을 만끽하고 맞은 월요일 아침, 지친 얼굴이었으나 회사 앞에 있는 벚나무의 꽃잎을 바라보며 웃었다. 늘 그렇듯 월요일은 유독 일이 많다. 주말에도 일하는 선임 때문인지도 모르겠다. 부족한 자료에 필요한 서류를 만들어달라고 아침부터 책상 가득 파일을 올려두고, 지시 사항까지 덧붙이며 내일까지라는 상상하기도 싫은 기한까지 못 박는다. 결국 모두 퇴근한 후에도 사무실에 남고 말았다.

"어머, 윤희 씨 아직 퇴근 안 했네요?"

"네. 뭐 그렇죠. 대리님은 지금 가세요?"

"저도. 참, 내일 벚꽃이 절정을 맞을 것 같다고 뉴스에서 그러던데, 혹시 계획 없으면 저랑"

이번이 몇 번째 데이트 신청인지 모르겠다. 그러나 들었으면서도 못 들은 척 시선을 피하며 얼버무렸다. 흔들리는 눈빛 아래 아쉬움이 역력해 보였다. 괜히 미안해졌으나 그 또한 모른 척 변화 없이 지나쳤다.

그가 떠난 텅 빈 사무실, 키보드 소리만 규칙적으로 들릴 뿐이다. 자정이 넘어가기 전 겨우 마침표를 남겨두고, 컴퓨터 전원이 꺼졌다. 평소였다면 수시로 저장하던 나였지만, 오늘은 하지 못했다. 아쉬움에 꺼진 컴퓨터를 노려보다 째깍째깍 시계 초심 소리가 신경을 긁고 말았다. 신경질적으로 다시 컴퓨터를 켰다. 다행히 자동 저장으로 3분의 2는 복구되었다. 다시 작업하려던 마음은 벌써 사라지고 없었다. 내일을 위해 책상부터 깨끗하게 정리했다. 그런데 분홍 꽃잎 한 장이 떨어졌다. 짙은 벚나무의 향을 머금은 딴 지 얼마 되지 않은 물기 가득한 꽃잎이었다. 온종일 나빠진 기분은 순식간에 사라졌다. 마음 깊이 묻혀 둔 오래된 설렘이 스멀스멀 모습을 드러내고 있었다. 특별한 하루가 이제 막 시작되고 있었다.

거리의 소음, 화려한 네온사인 따위 시선 밖에 있었
다. 그랬기에 평소였다면 짜증으로 대응했을 취객의
시비도 웃으며 자리를 피했다. 지금은 다른 무엇보다
그곳을 가는 것이 중요했다. 7살 어린 여자이었을 때
부터 갔던 그곳이 지금 내게 제일 중요한 일이었다.
쌀쌀한 밤 날씨에 창문을 닫은 차 안에는 벚나무의
향이 짙어지고 있었다. 여기가 고속도로인지 아닌지
헷갈릴 만큼 짙은 향에 취해 액셀을 밟았다.

누군가의 웃음소리가 들린다. 끊임없이 오가는 대화
가 즐겁고, 바람 따라 움직이는 꽃잎들의 춤이 아름답
다. 마주 잡은 손은 차갑지만, 따뜻하며 연신 나의 머
리, 어깨 위로 떨어진 꽃잎을 떼어주는 손길을 분주하
게 움직이면서도 다정하기만 하다. 이곳에서 가장 멋
진 공연은 반딧불의 춤이다. 흩어졌다 모였다 일사불
란하게 움직이며 마치 하늘 위 별을 따다 놓은 듯 은
은하게 반짝인다. 늘 같은 장소 같은 풍경인 것 같아
도 같지 않다. 그저 이 시간이 이대로 멈출 수 있다면

얼마나 좋을까 생각하다 보면 어느새 나는 내 집 침대에 누워 알람 소리에 눈을 뜰 뿐이다. 지금 일어난 모든 게 꿈이라 하기엔 내 손아귀에 쥐어진 벚꽃잎은 여전히 짙은 향을 내며 감싸주었다. 이곳의 주인인 그는 항상 벚꽃이 절정을 맞은 날 내게 벚꽃잎을 보내준다. 자기에게 오라는 듯이 오늘처럼 한결같이 변함없다.

꽤 어두운 밤. 이제는 익숙해진 숲길을 따라 익숙한 장소로 간다. 한걸음의 차이로 세상이 바뀐다. 어두운 밤사이로 작은 불빛이 하나둘 켜지고, 불빛을 따라 시선을 옮기면 기다렸다는 듯이 그가 있다. 늘 그렇듯 만개한 꽃처럼 환하게 웃으며 오직 날 위해 손을 내민다. 우린 그렇게 손을 잡고 끝나지 않는 숲길을 걸으며, 다른 날은 볼 수 없는 신비한 어느 곳을 돌아다니며 우리만의 축제를 즐긴다. 오늘도 예외는 없다. 그런데 그의 목소리가 슬프다.

"전에는 왜 안 왔어?"

어렵게 물어본다는 듯이 단어마다 조심스럽다. 그 속엔 묻기 싫다는 속내가 가득하다. 나 역시 답하기 싫다. 그동안 우린 서로 답을 알면서 모른 척했다. 언제까지 이렇게 만날 수 없다는 것을 말이다. 모른 척 문어두기엔 이미 어른이 되어 버렸다. 차마 헤어짐을 말할 수 없어 오지 않았었다. 그러나 그로 인해 1년을 슬퍼하고, 아팠다. 말할 수 없는 공허는 그 무엇도 채워주지 못했다. 다시 그렇게 살 수 없어서 오늘은 거부하지 않았다. 몸이 시키는 대로 마음이 원하는 대로 와 버린 것이다.

"……."

말은 나오지 않고, 괜한 눈물만 쏟아지려 한다. 1초가 아까운 오늘 눈물로 그를 보지 못할까 봐 애써 외면했다.

"그렇구나. 하긴 그렇지."

아무 말도 하지 않았는데, 답을 말하는 그였다. 안되다는 만류도 다음에도 보자는 억지도 부리지 않는다. 이별 따위 말하지도 않았는데, 오늘이 마지막 날이 되어 버렸다. 울지 않으려는 얼굴이 못생기게 구겨졌다. 차갑고 따뜻한 손이 아직 흐르지 못한 눈물을 닦아냈다.

"괜찮아. 언젠가 널 못 보게 될지도 모른다고 생각했어. 괜찮아."

다음에도 오겠다는 약속은 끝내 하지 못했다. 그렇다고 오늘이 마지막이라는 그의 말에 동의도 하지 않았다. 그저 말없이 걷고 또 걸었다. 얼마나 걸었을까? 어느새 나는 내 차에 앉아 있었다. 역시 아무것도 기억나지 않았다. 만났을 때는 기억하려고 마음속으로 그리던 생김새는커녕 목소리마저 잊고 말았다. 어떻게 집에 왔을까? 그날 이후 시계의 초심이 자정을 지날 때마다 기억의 조각이 하나씩 사라졌다. 처음에는 잊어버리는 게 싫어 기억하려 종이에 적고, 핸드폰에 녹음도 했다. 그러나 그마저도 자정을 알리는 초심의 째깍 소리와 함께 사라지면서 여름이 시작할 때쯤엔 나에게 20년간의 추억은 하룻밤의 꿈조차 되지 못했다. 그를 만난 후 매년 받은 벚꽃잎도 함께 사라졌다.

다음 해, 연인이 생겼다. 친구의 소개로 만난 그 남자는 큰 키에 짧은 커트 머리를 좋아하는 조용한 남자였다. 산을 좋아하는 그를 따라 자주 여행을 갔다. 그는 우수에 찬 눈으로 별 보는 것을 즐겼다. 그와 처음 손을 잡을 날, 차갑지만 따뜻한 느낌에 처음인데도 처음 같지 않은 평안함을 느꼈다. 항상 길 안쪽에 나를 세우고, 북적이는 사람들 틈에서 정의의 기사처럼 나를 지켜보려 고군분투하는 모습이 귀엽게만 보였다. 우린 꽤 오랜 시간 연애했다. 만나면 무슨 할 말이 그렇게 많은지 수다를 떨면서도 조용한 침묵을 즐기기도 했다. 침묵 사이로 작은 나의 손과 커다란 그의 손은 함께 있었다.

당연한 듯 그가 프러포즈했다. 결혼 전 마지막 여행이라며 왠지 떨린다는 그와 그가 오랫동안 가고 싶어했던 곳으로 여행을 떠났다. 늘 사람들로 북적거린다는 그의 말과 달리 그날은 유독 아무도 없었다.

"어디서 날아왔지?"
그때 내 머리 위로 떨어진 벚꽃잎 한 장을 떼어내 그가 내게 건넸다. 마치 방금 떨어진 듯 물기를 가득 머금은 벚꽃잎은 진한 향도 품고 있었다. 주위를 둘러보아도 벚나무 한 그루 없는데, 신기하기만 했다. 그도 신기한지 연신 꽃잎의 향을 맡으며 어디에 둘지 고민했다. 그때 늘 가슴 앞주머니에 넣어두는 작은 수첩을 꺼냈다. 그와 연애하는 몇 년 동안 일기장과 비슷한 거라고 보여주지 않더니 오늘은 덥석 꺼내 펼쳐 내 앞에 두었다.

애써 보지 않으려 해도 선명하게 보이는 글자들 사이로 오늘 여행지를 찾기 위한 그의 노력이 보였다. 열댓 개의 명소마다 그려진 ○, △, ×가 표시된 기호와 함께 오늘 장소가 붉은색 볼펜으로 몇 번이나 동그랗게 표시되어 있었다. 기호의 뜻은 알 수 없지만, 그가 오늘을 위해 꽤 오랫동안 준비했다는 것과 고르고 고른 장소라는 것은 확실하게 알 수 있었다.

"이거 여기에 보관했다가 나중에 줘도 돼요? 제가 예쁘게 책갈피 만들어 드릴게요."

"부탁할게요."

거절할 이유는 없었다. 작은 인테리어 소품은 직접 만들 정도로 손재주가 좋은 남자이기에 오히려 기대되었다. 조용한 산속에 작은 오두막이 있었다. 조명 하나도 주변 경치를 해치지 않게 은은하게 밝히고 있었다. 우린 간단한 식사를 마치고, 그루터기로 만든 두 개의 의자에 앉아 쏟아질 듯 반짝이는 별을 구경했다.

오묘한 분위기 앞에 반딧불이 하나둘 보이기 시작하더니 그의 입술이 닿았다. 차갑고, 따뜻한 감촉에 나도 모르게 그를 꽉 안았다. 아무것도 기억나지 않지만, 그립다는 생각이 들었다. 그리고 하나둘 떠오른 기억의 조각 앞에 무너질 듯 힘이 빠졌다. 그럴 나를 더욱 꽉 껴안은 그에게서 낯설지만, 그리운 목소리가 들렸다.

"사랑해. 사랑해. 사랑해.…."

늘 사랑한다고 말해주는 그가 아니었다. 다른 목소리, 다른 톤으로 다급한 외침은 이 시간이 지나면 끝나버릴 듯 애절하고, 간절했다. 제발 전해지길 바란다는 주문처럼 내 마음을 가득 채우고 있었다. 그리고 이내 벚꽃잎이 우릴 감쌌다. 그리운 향기였다. 짙은 향기 속에 그리운 사람이 서 있었다. 처음 보는 슬픈 모습, 울고 있던 그는 서서히 내게서 떨어졌다. 나는 처음이자 마지막으로 외쳤다.

"나도. 나도 사랑해."

"응. 안녕."

꽤 오랫동안 참은 것처럼 달콤한 목소리로 '안녕'을 말한 그가 아쉬워 붙잡았으나 이미 벚꽃잎과 함께 사라졌다.

"일어나요. 윤희 씨."

걱정 어린 목소리에 놀라 일어나니 그가 아픈 눈으로
바라보고 있었다.

"왜 그렇게 슬픈 표정을 지어요?"

"당신이 밤새도록 울어서요. 아무리 깨워도 일어나지
않아서 걱정했어요. 괜찮아요? 어디 아픈 거예요? 아
니면 가위에 눌렸어요? 병원 갈까요?"

"아니에요. 슬픈 꿈이었지만, 아픈 건 아니에요."

"무슨 꿈이었는데요?"

"그게?"

기억이 나지 않았다. 분명 조금 전까지 기억했는데,
갑자기 아무것도 생각나지 않았다.

"기억나지 않아요."

"그래요? 이제 괜찮은 거죠?"

"네. 괜찮아요."

그의 권유로 그루터기에 앉아 바람을 쐬었다.

"이 그루터기에서 벚꽃 향이 나는 듯 해요."

한참 말이 없던 그가 나의 말에 웃으며 말했다.

"원래 벚나무였데요. 그런데 몇 해 전에 갑자기 죽어버려 주인이 아쉬운 마음에 그루터기로 남겨둔 거래요."

"벚나무…."

왠지는 모르나 벚나무였다는 그루터기가 불쌍하게 느껴졌다.

그와 며칠 후 결혼식을 마치고 부부가 되었다. 매년 봄이 올 때마다 그곳에 갔다. 처음엔 둘이 다음엔 셋, 그리고 넷 오랜 시간이 지나 다시 둘만 갔다. 매년 기억나지 않는 추억을 기억하며 새로운 추억을 쌓아갔다. 그때마다 결혼 전 마지막 여행에서 주웠다는 벚꽃잎으로 만든 작은 액세서리가 함께였다.

벗나무 아래에서

바람이 불어도
그 자리에 머무는 나무가 있다

한 계절의 눈부심을 다해
흩날리는 꽃잎이 있다

어쩌면 아름다움이란
머무는 것이 아니라
흔들리면서도 피어나는 것

꽃잎이 지는 것을
슬퍼하지 않고
다시 봄을 기다리는 것이라면

지금 이 순간을
어떤 이름으로 부를 수 있을까

바람에 날려도 다시 피어나고
흩어져도 끝내 그 자리에 서 있는 것
벚나무가 가르쳐준 것이 있다면

떠남이 곧 끝이 아니라는 것
흔들리며 피어난 마음은
향기로 남는다는 것

그러니 부디,
이 계절이 다 지고 난 뒤에도
꽃자리마다 남겨지는 마음이기를

향기

사람들은 누구에게나 자신만이 가지고 있는 특유의 향기가 있다.

항상 몸에 맞지 않는 큰 옷을 입었다. 그녀의 작은 몸이 말이다. 그도 그럴 것이 의외로 썩 잘 어울렸다. 그 모습은 내가 좋아하는 그녀의 것 중 일부분이었다. 개성 있고 당당한 매력이었다.

그녀에게서는 향기가 났다. 항상 손에 들고 있는 커피 향과 그것과 다른 달콤하고 기분 좋은 벚꽃 내음.

나는 그녀가 알려준 향을 그냥 '너의 향 불렀다. 그녀에게서 풍기는 이미지가 그랬다. 분홍빛의 벚꽃이 만개한 듯한 그녀의 웃음을 떠올리면, 내가 가장 좋아하는 그녀의 향이 느껴졌다.

내가 먼저 그것들을 마음에 품었다. 나 또한 그 일부
분에 포함되고 싶었기 때문으로.

향기 II

사람들은 누구에게나 자신만이 가지고 있는 특유의
향기가 있다.

그의 표정은 간단히 두 가지로 정리됐다. 무표정이 아
니라면 웃고 있었다. 평소 얼굴엔 표정이 없는 것에
반해 종종 웃을 때 찡긋 올라가는 콧잔등이 참 예뻤
다. 자꾸만 그 웃음이 보고 싶은 마음에 난 가끔 부단
히 애썼다.

그가 말하는 '나의 향'이 정확히 무엇인지 알기는 힘
들었다. 하지만 나 역시 '그의 향'에 빠져들었다.

그는 온몸에서 다정함이 묻어 나왔다. 다정함에 향기
가 있다면 그건 필히 '그의 향'일 것이라 생각했다. 따

뜻한 봄날의 부드럽고 달콤한 벚꽃을 떠올리게 했다.
날 감싸는 다정함을 빠져나올 재간이 없었다.

흐드러진 벚꽃잎이 내게 비처럼 내리듯, 그는 이미 내
안에 가득 차 일부가 되어있었다. 혹여 그것이 없어져
마음에 구멍이 뻥 뚫려버릴까 마음을 졸였다. 하지만
내게 내린 벚꽃잎은 점점 더 무거워졌고 그럴수록 더
깊이 가라앉았다.

너무 깊은 나머지 이젠 빼낼 수조차 없게 되었다.

내가 원하는 모습으로

향기가 짙은 아카시아는
창문이 닫혀있어도
꽃 내음이 퍼져 그 향기로
가득 채워지면서 뽐내고...
거리마다 화려하게 피어있는 벚꽃들은
보고 있는 그 자체만으로도
행복하게 만들기도 해..
예쁘진 않지만 향기가 짙은 아카시아와
모습은 화려하지만
향기가 약한 벚꽃이 있는 것처럼...
사람도 마찬가지인 것 같아...
화려한 외모가 있는 사람은
그 모습으로 만족하며 살아가고,
화려한 외모보다 세상을 주목시킬

내면이 있는 사람은

내면이 아름다운 사람으로 살아가는 거지.

정답은 없는 거잖아...

서로가 다른 사람인 거니까...

그냥 다름을 인정해 주고

보지 못한 또 다른 세상을

서로에게 보여주기도 하면서

발견하지 못한 많은 것들을 나누는 거야...

그러면서 내가 원하는 모습으로

살아가는 삶이라면 더 좋을 것만

같다는 생각을 해봐...

솜사탕 블러썸

햇볕이 쬐는 엷은 꽃잎 주변이
연분홍에서 하이얀 빛으로 물들 때
부드러운 벚꽃잎을 손에 쥐어 보았다

솜사탕, 달콤한 향기의 환각이 일어난 듯했다

조심스레 쥐었던 손가락을 하나씩 피면서
옅은 색의 무지갯빛을 천천히 세상에 보였다

그리곤 새벽이슬에 젖은 솜털을 쓰다듬으며 봄을 품
었다
아무도 모르도록 조용히, 포근하게...

벚꽃처럼 이쁜 그녀

나에게 벚꽃처럼 이쁜 그녀가 있다.

그녀는 나에게 있어서 봄날의 햇살 같은 존재이다. 내가 힘들 때마다 옆에서 묵묵히 지지하고 응원해 주고 항상 본인 보다 나를 먼저 챙겨주는 그러한 사람이다. 그녀는 정말 배려심 많고 항상 밝게 웃고 사랑스러운 공주님 같다. 그녀랑 같이 있으면 힘이 솟아 나는 기분이 든다. 그녀는 나를 밝게 만들어준 생명의 은인이다. 그녀와 함께 있으면 내가 살면서 경험해 보지 못한 경험을 할 수 있고 맛있는 음식들도 먹을 수 있고 분위기 좋은 카페도 갈 수 있어서 좋다. 나는 매번 그녀에게 고맙고 미안함이 가장 크다. 내가 그녀에게 제대로 해주지 못한 것들이 너무 많다. 그래도 나에게 벚꽃처럼 이쁜 그녀가 있어서 좋다.

안부

벚꽃을 보자고 약속하고
그대와 그리 헤어졌습니다.

시간이 지나
다시 봄이 와
벚꽃이 피었어요.

그대는 잘 지내시나요?
저는 잘 지내고 있습니다.

벚꽃 향 구름

친구랑 놀다가 혼자 집에 가는 길이었어요.
하늘을 보니 날씨가 너무 좋았어요.

따뜻한 햇살.
바람에 휘날리는 벚꽃잎.
나뭇가지가 흔들리는 소리.
새들이 지저귀는 소리.
그리고 풀 내음.

문득 구름을 보니
언젠가 먹었던 솜사탕이 생각났어요.
마치 솜사탕 같은 뭉게구름이었죠.

뭉실뭉실.

구름은 무슨 맛이 날까.

구름은 무슨 향이 날까.

저 구름 한 조각 푹 뜯어먹으면 참 좋을 텐데.

어떻게 하면 구름을 잡을 수 있을까.

나무 위로 올라가자.

벚꽃 나무 위에서는 구름을 잡을 수 있을 거야.

구름을 잡기 위해 나무 위로 올라가기로 한 순간

흐드러진 벚꽃.

그리고 벚꽃 향 구름.

기다림

벗꽃이 다 피고 지기 전에
그리움이 먼저 돌아오고
슬픔이 뒤따라 돌아오고
곧 우울함이 찾아올 텐데
언제라도 찾아올 통증을 위해
희망 없이 살 수는 없으니까
벗꽃을 놓쳤다면
다음 계절의 아리따움을 기다리자

바람의 향이 바뀐 그날

4월의 어느 날
S에게 연락이 왔다.

"주말에 뭐 해?"
누군가가 나에게 연락이
오는 건 오랜만이라 반가웠다.

"응? 무슨 일 있어?"
내색하지 않고 답장을 보냈다.

"그냥, 벚꽃도 피고 날씨 좋아져서 연락했어."

"그치, 근데 난 늘 그랬듯 아무것도 없어."
대학원 생활 4년간 혼자 지냈고, 다른 이를 찾지

않았기에 홀로 지내는 것이 익숙한 나였다.

"그래? 그럼, 이번 주말에 만나자."

"그래."

평소 계획을 잡지 않는 나였기에,
즉흥적인 만남에 거부감이 없었다.

시간은 지나,
주말이 되어 그녀를 만났다.

오랜만에 만났지만
여전히 이야기엔 막힘이 없었고,
나에게 전해오는 '편안함'이 너무 좋았다.

하늘은 푸르고,
벚꽃은 아름다웠다.

실로,
탄성이 나올 정도였다.

S는 여전히 아름다웠고,
이와 어울리는 풍경은 나를 설레게 했다.
오랜만에 느껴보는 감정이었다.

우리는 2시간가량을 산책했고,
아쉬움을 뒤로 한 채 헤어졌다.

후에는.
나의 성격답게 추억으로 남겼다.

'사랑'이라는 단어를 내게 맡기기엔
내게는 감당하기 어려웠기에...

그 봄날,
"향이 바뀜을 느낀 하루였다."

꽃눈

봄에도 눈이 온다
새하얀 분홍빛 눈
어쩌면 겨울의 눈보다
차디찬 4월의 눈

3년 전 4월
처음 입술을 맞추었던 거리
2년 전 4월
두 손 꼭 잡고 걸었던 거리
1년 전 4월
함께 걷기로 했던 거리

모두 펑펑 쏟아지고 있더라
영원하길 바랐지만
결국에는 지더라.

벚꽃이 필 때 다시 만나자

우린 해마다 봄이 오면 벚꽃이 흐드러지게 피는 그 길을 걷곤 했다. 바람이 불 때마다 연분홍 꽃잎이 하늘을 날고, 길 위에는 부드러운 벚꽃잎이 우리 발밑에 펼쳐졌다.

"다음 봄에도 같이 오자."

나는 벤치에 앉아 말없이 벚나무를 올려다보는 너를 바라보며 말했다. 너는 가만히 웃었다. 그 미소에는 수많은 말이 담겨 있었지만, 입 밖으로 꺼내진 것은 짧은 대답뿐이었다.

"응."

우리의 약속은 그리 오래가지 못한 채 깨졌다. 각자의 사정으로, 각자의 미래로. 봄이 지나고, 여름이 왔을 때 너는 나를 떠나 멀리 떠났다. 거짓된 약속을 남긴 채.

그로부터 3년 후, 다시 봄이 왔다. 나는 다시 그 길을 찾았다. 여전히 벚꽃은 피어나 있었고, 여전히 바람에 혼들리고 있었다. 다른 사람들은 모두 환한 웃음으로 봄을 맞이했지만 나는 혼자 걷고 있었다. 함께하겠다고 한 사람은 없었기에.

벚꽃길을 걷다 지친 나는 벤치에 앉았다. 너와 함께 앉았던 바로 그 자리였다. 바람이 불었고, 꽃잎이 살며시 어깨 위에 내려앉았다. 마치 오래된 약속을 기억하는 듯이.

"미안. 조금 늦었지?"

그때, 익숙한 목소리가 들려왔다. 믿을 수 없다는 듯 고개를 들자, 그곳엔 네가 서 있었다. 순간 정신이 멍해졌지만 그는 나에게 또다시 웃어 보였다.

그의 눈빛은 여전히 따뜻했고, 그때의 모습은 3년 전과 다름없었다. 나는 눈가가 촉촉해진 채 너에게 조용히 속삭였다.

"다시 만나서 다행이야."

벚꽃은 다시 피었고, 우리는 다시 만났다.

비화

봄이 시작될 때쯤 잠시 동안
짧게만 피고 지는 벚꽃은
그래도 미련이 없는 것일까

매년 찰나의 꽃을 피우기 위해
길고 긴 시간을 버티고 난 뒤
이스라이 져버리고 마는 꽃잎이
바람에 날리며 함께 떨어진다

팔을 뻗으면 눈앞에서
금방이라도 손에 잡힐 것 같지만
마치 닿을 수 없는 무언가처럼
끝내는 닿지 못하고
그렇게 멀어져만 간다.

마지막 벚꽃

벚꽃이 흩날리는 날
그 속에서 널 만났다

너에게 반하였지만
나는 시한부
시한부라는 것이
발목을 잡았다

그럼에도 너는
나에게 다가왔다

벚꽃 속에서
맞잡은 손
마주치는 눈동자

그 모든 게 나에겐 소중했다
그렇게 봄에서 여름 여름에서 가을
지나며 다시 봄이 왔을 때는

홀로 벚꽃을 맞이하는 너
벚꽃이 흩날리니
추억이 된 나

벚꽃나무 아래, 당신이 있어

벚꽃이 가득 피어오른 길 위에 당신과 함께 있어.
당신이 짓는 미소, 손짓, 바라보는 눈길
모든 모습을 내 눈에 담고 벚꽃 나무 아래
내 가슴도 콩닥콩닥 얼굴이 붉어진다.

아름다운 풍경에 아지랑이 피어오르듯
내 마음에 기쁨도 피어올랐어.
혼자라면, 혼자 있는 풍경이면 몰랐을 거야.
바람에 날리는 연분홍 꽃잎도 당신을 반긴다.

붉게 물든 신비로운 저녁노을도
밤하늘 예쁜 별들이 가득 비추며 빛나는 것도
함께하는 시간이 벚꽃 휘날리듯
찬란한 기쁨이었음을 혼자였다면 몰랐을 거다.

벚꽃

벚꽃잎 5장 중에
하나는 너의 눈을
다른 하나는 너의 코를
또 다른 하나는 너의 입을
얼마 안 남은 하나는 너의 목소리를
마지막은 너의 마음을 닮았어

어라, 벚꽃은 너네

Falling Cherry blossoms

고등학교 1학년 봄, 벚꽃이 만개한 캠퍼스에서 처음 만난 재훈과 소연. 우연히 벤치에 함께 앉아 나눈 대화가 첫인상이 되었다. 따뜻한 봄바람이 살랑이고, 벚꽃잎이 흩날리는 그날, 둘은 어색하지만 가벼운 대화를 나눴다.

"이 벚꽃 예쁘지 않아?"

소연의 말에 재훈은 조용히 고개를 끄덕였다. 말수가 적은 그였지만, 소연은 그런 침묵조차 어색하지 않았다. 그날 이후, 벚꽃이 필 때마다 두 사람은 자연스럽게 서로를 떠올렸다.

고2 여름, 같은 반이 된 후 조별 과제를 하면서 두 사람은 점점 가까워졌다. 처음엔 단순히 학업을 위한 만남이었지만, 함께하는 시간이 쌓이며 자연스럽게 서로를 이해하게 되었다. 소연의 밝고 따뜻한 성격에 재훈은 서서히 마음을 열었고, 무뚝뚝하지만 사려 깊은 재훈의 모습에 소연도 점점 끌렸다.

도서관에서 함께 공부하고, 점심시간이면 자연스럽게 같은 테이블에 앉았다. 친구들은 둘을 연인이라 불렀지만, 정작 두 사람은 그런 관계를 확인하려 하지 않았다. 그저 함께 있는 것이 너무도 당연하게 느껴졌기 때문이다.

고3이 되면서 현실이 다가왔다. 대학 입시를 준비하며 각자의 목표가 분명해졌고, 함께하는 시간이 점점 줄어들었다. 재훈은 서울의 대학으로 진학할 예정이었고, 소연은 가족 사정으로 인해 고향에 남아야 했다. 서로의 미래가 달라질지도 모른다는 불안감이 서서히 스며들었고, 예전처럼 마냥 편할 수만은 없었다.

"멀어지면... 우린 어떻게 될까?"

소연이 처음으로 불안을 내비쳤을 때, 재훈은 아무 대답도 하지 못했다. 붙잡고 싶었지만, 서로의 꿈과 현실 앞에서 이기적인 선택을 할 수 없었다. 시간이 흐를수록 둘 사이의 공기는 점점 무거워졌다.

어느 날, 소연은 오랜 고민 끝에 결심했다.

"붙잡는 게 아니라 보내주는 게 사랑일 수도 있어."

담담한 목소리였지만, 그 말속에는 깊은 아픔이 담겨 있었다. 재훈은 붙잡고 싶었지만, 소연의 표정 속에서 이미 정해진 답을 읽을 수 있었다. 다시는 변하지 않을 것 같던 둘의 시간이, 서서히 끝을 향해 가고 있었다.

졸업식 날, 마지막으로 벚꽃이 흩날리는 거리를 함께 걸었다. 바람이 불며 벚꽃잎이 눈처럼 흩어졌다. 손을 뻗으면 잡힐 듯하지만, 이내 바람에 날려가는 꽃잎들. 마치 그들의 관계처럼.

"우리... 여기까지인가 봐."

소연의 목소리는 담담했지만, 끝맺음이 아팠다. 그녀의 눈빛 속에는 복잡한 감정이 얽혀 있었다. 그동안 함께한 시간들, 쌓아왔던 추억들, 그리고 이루지 못한 약속들까지.

재훈은 손을 움켜쥐었다. 붙잡고 싶었다. 지금이라도 '아니'라고 말하면, 소연이 다시 돌아서 줄까? 하지만 소연이 말한 '우리'라는 단어 속에는 이미 정해진 결말이 담겨 있었다. 바람에 흩날리는 벚꽃처럼, 그들의 사랑도 그렇게 흩어져 가고 있었다.

"그래도... 너와 함께한 시간, 후회하지 않아."

소연이 얇게 미소 지으며 말했다. 그 말이 더욱 재훈을 아프게 했다. 후회하지 않는다는 말은, 이제 끝이라는 의미니까.

소연은 마지막으로 벚꽃잎 하나를 잡아 재훈에게 건넸다.

"다음 봄에도 이 벚꽃은 다시 필 거야."

그 말은 위로였을까, 아니면 희망이었을까. 서로를 바라보는 시간이 길어졌다. 재훈은 입을 떼려 했지만, 결국 아무 말도 하지 못했다. 조용히 고개를 끄덕일 뿐이었다.

그렇게 두 사람은 마지막 인사를 나누고, 각자의 길을 향해 걸어갔다. 뒤를 돌아볼 용기가 없었다. 한 걸음, 또 한 걸음. 벚꽃잎이 발밑에서 부서지듯, 그들의 사랑도 그렇게 끝이 났다.

몇 년 후.

서울의 봄은 여전히 벚꽃이 가득했다. 거리를 걷던 재훈은 익숙한 풍경 속에서 문득 소연을 떠올렸다. 여전히 밝게 웃을까, 잘 지내고 있을까.

그때, 바람이 불며 벚꽃잎이 그의 어깨 위로 내려앉았다. 재훈은 조심스럽게 손으로 꽃잎을 잡았다.

"다음 봄에도 벚꽃은 다시 필 거야."

소연의 목소리가 귓가를 스치는 듯했다.

같은 시간, 고향에서도 벚꽃이 만개했다. 소연은 벚꽃
이 흐드러지게 핀 나무 아래에서 하늘을 바라보았다.
서울 어딘가에서 재훈도 같은 하늘을 보고 있을까.

비록 서로 직접 만나지는 못했지만, 그들은 각자의 자
리에서 서로를 응원하고 있었다.

"벚꽃은 다시 피니까. 우리도 각자의 자리에서 잘 살
아가고 있을 거야."

벚꽃, 내 마음의 색상

그거 알아? 봄 하면 떠오르는 아리따운 꽃, 벚꽃은 원래 하얀색이야

하얀색인 벚꽃은 다채로운 봄의 색상들로 물들어져 가자신이 원한 색상이든 아니든 봄만이 색칠할 수 있는의미 있는 색상들로 칠해져 가

아리따운 노을들이 남기는 하루의 마지막 풍경이 담긴 붉은색으로
푸른 하늘 아래서 살아가는 우리의 한 번뿐인 청춘의파란색으로
가장 뚜렷하고 가장 인상 깊은 봄의 색상인 분홍색으로

봄에 숨겨진 다양한 색상들이 벚꽃이란 캔버스를 칠해줘
그곳에선 세상의 아름다운 색상들이, 서로 얽히고 섞
여 한 폭의 그림처럼 펼쳐지지만

내 마음은 그대라는 숨어있는 색상들이 칠해주어야
하는데
그대라는 물감이 없어져 내 마음은 볼품없는 무색의
캠퍼스일 뿐이네

그대라는 온기가 담긴 붓과, 그대라는 색상의 물감이
내 마음속에 와 닿기를
마지막으로 남은 봄의 끝자락에서 조용히 기다려본다

벚꽃에 묻어나는 아름다운 봄의 물감들처럼,
붓끝에 물든 숨겨진 색을 보여주는 색상들처럼
내 마음에도 한 페이지의 그림이 그려지길

그대에게서 가장 아름다운 색이 아니어도 되니
그대만이어도 상관없으니
아무 색이라도 와서 칠해주길

화려해진 벚꽃 아래, 초라한 내 마음의 색상
언젠가 그대의 색과 나의 캔버스가 만나면, 비로소 완
전한 그림이 될 수 있을까

그대라는 물감을 기다리며, 봄은 여전히 내 마음을 물
들이고 있다
그대라는 물감을 기다리며 아직 한없이 초라한 내 모습
을 색칠된 벚꽃 아래에서 그저 지켜보고 있을 뿐이다

벚꽃 아래 봄을 쓰다

벚꽃

벚꽃이 필 때 즈음..
그녀가 나의 곁을 떠났다

무엇이 그리 급했는지
그녀는 나에게 얼굴조차 보여주지 않고 떠났다
지금은 그녀의 목소리조차 희미하다

그녀를 다시 볼 수 있을까?
그녀와 함께 벚꽃을 봤던 그때가 그립다

벚꽃 연가

흰 꽃잎의 세상
봄날의 조용한 서사시를 읊조리다

가느다란 가지 끝에서 피어나는 꿈
새벽의 미세한 노래로 깨어나는 꽃들
하늘빛 그림자를 머금은 채
세상에 스며드는 우아한 서정

차가운 겨울의 기억을 씻어내듯
부드러운 꽃잎들이 춤을 추고
바람은 그들의 속삭임을 전하네
잠시뿐인 찬란함의 서사

천 갈래 만 갈래 흩날리는 꽃비
한순간의 아름다움을 노래하는 시
허무한 듯 그러나 영원한 순간
누군가의 추억을 적시는 꽃잎들

꽃잎 하나에 담긴 이별의 슬픔
새로운 시작의 희망
세월의 흔적을 부드럽게 적시며
봄은 다시 한번 이야기를 시작하네

저 멀리 산등성이에 피어난 벚꽃
바람에 실려 날아가는 꿈
우리의 가슴속 깊은 곳에
잠시나마 머무는 시의 풍경

꽃잎 하나의 무게로
세상의 모든 아픔과 기쁨을 노래하고
시간은 흐르고 꽃은 지고
그리움만이 깊게 남아
다음 봄을 기다리네

너라는 꽃말

"너는 벚꽃과 잘 어울리는 사람인 것 같아."

"갑자기? 하긴, 내가 좀 예쁘긴 하지."

"그 뜻이 아닌데. 오늘은 좀 예쁜가?"

"야아!"

입가에 장난기가 가득한 남현의 얼굴을 확인한 수아는 냅다 남현의 볼을 손가락으로 꾹 눌렀다.

"이럴 때는 벚꽃보다 네가 더 예뻐! 이러는 거야!"

"우리 수아가 벚꽃…. 처럼 예쁘긴 하지."

"벚꽃처럼이라니? 벚꽃보다! 모범답안 얘기 좀 해줘!"

"아! 수아는 벚꽃보다는 벚나무가 더 잘 맞는 사람인 것 같아."

"벚나무? 차이가 있어?"

"당연하지. 벚꽃보다 더 중요한 것은 벚나무인걸."

"그게 무슨 말이야?"

"벚꽃은 꽃에서 향이 나는 것이 아니라 나무 자체에서 향이 나온다고 해. 우리가 흔히 아는 벚꽃의 향은 사실 나무에서 나는 향이라서, 벚꽃잎을 아무리 줍고 향을 맡아도 향이 나지 않는다고 하더라고."

"아 진짜? 당연히 꽃에서 나는 줄 알았는데."

"화려한 겉모습이 아닌, 있는 그대로의 모습을 보았을 때 진짜가 보이는 것처럼 느껴진달까."

"그렇게 말하니까 좀 달라 보이는데? 그런데 뭐랄까, 벚꽃은 봄에 잠깐 활짝 피고 빠르게 져버리는 나무잖아. 봄에만 그 진짜를 느낄 수 있는 거 아니야?"

"보통 봄에 피는 게 벚꽃이긴 하지만, 사실 벚꽃은 날씨가 맞는다면 언제든 다시 피어나는 꽃이야."

"진짜?"

"비나 바람에 많이 약해서 빠르게 사라지는 것처럼 느껴지긴 하지만, 사실 언제든 피어오를 힘이 있다는 거지. 물론 날씨가 맞아야 하지만!"

"오빠 생각보다 벚나무에 꽤 진심이구나?"

수아의 미소에 답하는 듯, 남현은 고개를 힘차게 끄덕였다.

"귀엽게 고개 끄덕이지 말고, 나도 예쁘다고 말해달라고!"

"에이. 벚나무 같은 수아면 이미 말 다 했지."

"아 그냥 예쁘다고 한마디 해주면 되잖아!"

"알겠어 알겠어. 우리 수아 참 예쁘다!"

"흥. 진작 말하면 좋잖아."

"바보야. 난 지금까지 너라는 꽃말에 대해 말한 거야."

"뭐…. 그렇긴 하지."

"벚꽃의 꽃말이 뭔지 알아?"

"응? 뭔데?"

"직접 찾아봐. 그러면 더 감동이지 않을까?"

"우이씨 야아! 그냥 알려달라고!"

"우이씨? 야아? 어떻게 예쁜 입에서 그렇게 험한 소리가 나와?"

"뭐, 뭐요. 그냥 알려주면 되잖아."

"뜻을 스스로 찾아서 본인의 아름다움을 찾아가세요!"

"흥! 그냥 내가 찾고 말지!"

"그래, 찾아보면 평소에 내가 널 어떻게 보고 있을지

알 수 있을 거야."
'얼마나 대단하길래….'

수아는 입술을 쭉 내민 채 톡톡 핸드폰을 두드려 벚꽃의 꽃말을 검색했다.

"아…."
"이제 알겠지? 내가 널 얼마나 예쁘게 보고 있는지."
"응…."

「벚꽃의 꽃말은 아름다운 정신, 정신적 사랑, 삶의 아름다움입니다.」

"일반적인 거로 생각하는 거에 너무 집착하지 않아도 돼. 나는 언제나 널 벚나무처럼 보고 있으니까. 항상 벚나무 같은 존재로서 널 사랑하고 있으니까."
"오빠에게 내가 그렇게 보여서 다행이다."
"원래 자신은 남들에게 얼마나 예쁘게 보이는지, 어떤 향기가 나는지 모르는 거니까."
"그래도…."

"그러니까 너무 움츠리지 않아도 되고, 억지로 환하게 웃거나 막 웃지 않아도 돼. 있는 그대로의 네가 너무 좋고, 제일 중요하거든."

"고마워, 사랑해."

"응. 나도 너무너무 고맙고 사랑해."

수아의 눈에서 눈물이 떨어지는 것을 보았지만, 남현은 아무렇지도 않다는 듯이 수아를 품에 안았다.

"나 눈물…. 화장 번지는데…."

"아, 그러면 내 옷에 수아 얼굴 그대로 찍히는 거야?"

"씨이…. 야아!"

벚꽃 카펫

하얗게 깔린 카펫을 거닐다 보면
양옆에선 폭죽을 터뜨려대며
격렬한 축하를 전한다

잠시뿐인 이 영광의 순간
가슴속 깊은 곳에서부터 차오르는
여러 감정들의 향연

평소 종잡을 수 없었던 흩날리는 마음의 조각들이
이 순간만큼은, 가장 완전해진다

희망의 꽃

힘들고 지쳐 무겁게만 느껴졌던
나의 어깨
거짓된 말인 줄 알지만
그 거짓에 속아 또 아픔을 안아야 했다.
후회의 눈물로 지새웠던 시간 속에
거리 앙상한 나뭇가지에
하나둘 피어있는 꽃들이
앙상함을 잊게 해준다.
나의 흔들림이 배움의 가지가 되어
용기, 사랑, 미래의 꽃망울들이
나에게도 피울 거라
저 벚꽃을 보며
마음속 새겨본다.
나의 꽃망울들이 활짝 필 그날이 오기를

벚꽃 만개설

올해는 유난히도 따뜻하네요
벚꽃도 예정보다 일찍 피어났어요

당신과 저의 마음도 그랬다면 좋았을 텐데요
아직 봄이 오지도 않았는데
저는 벌써 당신을 그리워하고 있으니까요

이렇게 미리 피어난 꽃들은
늦봄이 오기도 전에 져버린다고 하던데
우리의 사랑도 그럴까 봐
괜히 두려워지는 밤이네요

그래도 오늘은
그저 벚꽃이 만개했다는 소식만 믿을래요
마치 우리도 다시 피어날 것처럼

잡히지 않을 사랑

떨어지는 벚꽃잎을 잡으면
사랑이 이루어진다는 속설

그 속설 때문에 봄만 되면
떨어지는 벚꽃잎 잡으려고
벚나무를 뚫어져라 봤다

이번 봄에도 어김없이
벚꽃이 피었고 떨어진다

벚꽃잎을 잡으려 했지만
손에 잡히는 건 먼지뿐이었다
한참 동안 허공을 휘적거렸다

이렇게나 안 잡히는 걸 보면
너와 나는 인연이 아닌가 보다

벚꽃의 설렘

벚꽃이 설렘을 노래한다.

벚꽃에도 설렘이 전달되나보다.
마치 퍼져나가는 노래처럼.

살랑이는 바람에 꽃잎이 흔들리는 모습을 보니,
내 마음이 요동치나보다.

따스해지는 날씨에 꽃잎도 아름다움을
봄에 이야기한다.

지나가는 발걸음에 벚꽃이 설렘들을 부추긴다.
지나가는 내 맘에도 벚꽃의 수줍음이 전해진다.

이렇게 따스한 기운의 벚꽃들이
자연스럽게 흩어져서 모든 이에게 전해지나보다.

벚꽃은 낮에도 밤에도 아름답다

의도치 않게 설레게 만든다.
가만히 보면 두근대게 만든다.

하염없이 벚꽃을 바라보다 보니
낮에서 밤으로 바뀌었다.

하염없이 벚꽃은
아름다움의 낮과 밤을 비추고 있었다.

해가 없는 밤에는 해처럼
달이 없는 낮에는 달처럼
벚꽃이 채워주고 있었다.

그래서 그런지
벚꽃은 낮에도 밤에도 아름답다.

봄날의 벚꽃 잎이

어느 봄날 오후
두 눈을 꼭 감으면

작고 어여쁜 벚꽃잎
싱그러운 바람에 불어와
양 볼을 간지럽혀요

벚나무 꽃망울
한 송이 꽃 피워올릴 듯 말 듯
벚꽃의 속삭임에 마음 담고

벤치에 앉아
불어오는 바람에
떨어지는 벚꽃잎을 하염없이 바라보면

봄에 눈이 내리는 것 같아
벚꽃잎 앞에서 설레여요

꽃향기 뽐내며
꽃잎 사이로 오고야 마는
부드럽고 싱그러운 벚꽃의 봄날

벗꽃 길

꽃 하나 있고
너 하나 있고
바람 속에 벗꽃 흩날리고
바람 속에 벗꽃 향기 깃들어

바람 소리와 향기가
느린 시간 사이를 파고들어 온다

그 속에서 우리는
두 손 꼭 잡고
나란히 걷고 웃고 이야기한다

바람에 손끝을 스치듯 내려앉은
분홍빛 꽃잎은

벚꽃 향 머금은
그날의 여운으로 남아

꽃으로 덮인
햇살처럼 빛나는
우리의 아름다운 봄날이 된다

벚꽃을 입는다

아직은 겨울이다 싶은 날
기어이 비집고 들어온 봄이다

꺾일 줄 모르고 기세등등하던 바람을 밀어내고
초록빛 꽃망울을 틔우며
지나간 무게를 훌훌 벗어 던진다

내가 오길 기다리며 끝까지 자리를 지켜준 네 앞에
눈부신 순백의 드레스를 벗어 던지고
이제 다시
은은하게 빛나는 연분홍빛 새 옷을 갈아입었다

인생아
온 힘을 다해 몸부림치며

해마다 오는 봄의 커튼 사이로
내게 오는 네가 그렇다

어느 날은 더디게
어느 날엔 빠르게
내게로 다가와 소리 없이 분홍빛 새 옷을 입혀준다

벚꽃의 설렘을 입는다
휘날리는 벚꽃의 희망을 입는다

인생아
절대로 곁눈질 말아라
함부로 만지지 말아라

성큼 찾아온 봄을 만나듯
냉큼 피어난 벚꽃을 입듯이

따듯하게 인정해 주고
용기 있게 바라봐주어라

함께 봄

따뜻한 봄바람에
벚꽃 꽃망울 어여쁘게 맺힐 때
그리운 님 떠오릅니다

따뜻한 봄볕처럼
향기로운 봄꽃처럼
살랑이는 봄바람처럼
내 님 오시길 기다립니다

벚꽃이 눈꽃처럼 내리는 날
함께 봄을 보며
함께 봄 길 걸으며
손잡고 동행하길 소원합니다

정원사

한 떨기
그 선한 줄기 하나가
끊을 수 없는 넝쿨이 될 때

먹이고 입힌 꽃잎이
성실한 마음으로
당신을 피울 때

눈으로 쏟아낸 물줄기가
협곡을 긁어와도
기어이 바다를 기다릴 때

꽃에 바람을 불고
벚꽃에 물을 뿌리는 당신은

봄을 아는 미소를 비춘다

나의 벗이 되어
나라는 꽃을 피운
나의 정원사

벚꽃 후기

나는 당신을 보고 죽을 용기가 생겼습니다

사랑은 다 이길 수 있다는 말에
두 다리를 가지 끝에 올립니다
삶을 지탱하고 있던 것이
양팔 벌려 뛰어보라 합니다

날숨에 사랑을 말하고 들숨에 그대를 담습니다
바람은 좋은 핑계가 되어주었습니다

어찌 잊겠습니까
내 기억에 당신은 영원히 웃는 모습일 텐데

떨어지는 순간이라도 나를 봐주어서 고맙습니다
당신의 눈이 머물던 자리에 푸름을 놓고 갑니다

나는 부드럽게 유영하다
이내 위태롭게 춤을 추겠죠

다음 생은 얼마나 아프려고
미소 속에 눈을 감는지

조금 더,
천천히 사랑할 걸 그랬습니다

당신은 내게 용기를 주었습니다
결국 추락하는 삶일지라도
한 번 더 피어보겠다 생각했습니다
사랑했으니,
사랑해 버렸으니 요령 없는 이 마음에도
이기는 날이 오지 않을까요

손끝에 맺힌 말들이
시끄럽게 못다 한 문장들이
추적이는 이야기되어 내리고
이제 내 사랑에는 비릿한 냄새가 납니다
스쳐 가는 발걸음에도 함부로 설레었던 짧은 생이 바
랍니다
당신은 어디에 있든, 무엇을 하더라도 함부로 빛나기를

꽃이 된다

길게 늘어뜨린 나뭇가지
연분홍 꽃잎들이 흩날린다.

그리움이 묻어서 떨어지는 한 잎
사랑이 피어나서 떨어지는 한 잎

곳곳에 내리는 꽃비는
긴긴 겨울을 씻겨내고

거리엔 사랑이 흘러
지워지지 않을
또 하나의 시간을 만들고

햇살 속에 나를 녹여
하나의 봄을 그린다.

그렇게 넌 봄 가운데
하나의 꽃이 된다.

포레스트 웨일

공동 작가

봄

스며들다

오늘에 기대어 또 살아지겠지,

멍한 눈빛으로 그냥 바라봐
뭘 보고 있는지도 모르겠어

휘황찬란한 말보다는,
네 한 번의 눈 맞춤이 더 사랑을 느끼게 해

네 작은 숨결 하나하나가
내 세상이야.

봄이 오면 녹을 줄 알았던 눈이
저 먼 산 위 만년설처럼 떠나질 않아도

스며들지 않을 줄만 알았는데,

지금 이렇게 스며들어
어우러진 우리가 꿈같아

바람의 그림자는 빛이 있어야 생겨서
따스함을 가지고 유심히 봐야 한대

너는 언제든 볼 수 있겠다,
내 따스한 사람아

산책

봄바람이 예쁘게 분다며
산책하자는 말에

아무렇지 않은 듯
네 손을 잡으러 나갔어

걷다가 문득,
내 속마음이 튀어나와 버렸지

내일 세상이 망해도,
오늘 내가 널 제일 많이 사랑해

내가 건넨 말이었지만
그 말을 끝으로 더 이상 말이 나오질 않았어.

꿈같았어,

더 말해보라는 네 재촉에도
벚꽃색으로 얼굴을 붉히며 눈도 못 마주쳤었지

넌 날 귀엽다는 말투로 나를 놀리다가
휙 돌려 널 보게 만들었지,

그렇게 쳐다보지 말아 줘
체할 것 같았거든 너한테.

두근대는 마음을 감추고
정처 없이 걷던 길

아직 조금 쌀쌀한 날인데도

길가에 피어있는 들꽃이 보였어,
그 순간 향기가 되었지

다른 느낌의 행복이었어
내게 영화 같은 순간이 내게 다시 올까 했었는데
네가 만들어 주었어.

정말 고마워,
내일도 나와 함께 걸어줘

2. 김채림(수풀)

산책하는 길을 걸으며

잔디밭을 지나
은은함이 절로 피는
꽃 한 송이,
무게감 없이 날리는 꽃잎이
손바닥 안에 꽉 차는
그대 온기가 주는
따뜻한 그 감각이
온몸을 부딪쳐오는
폭신함을 인식한다

설익은 딸기맛

길바닥에 달착지근
넘치게 흔해빠진 딸기 맛
누구를 위하여 곱게 할꼬
딸기는
자신의 반쪽을 만나 완전한 하나가 된다
눈 감으면 두 손에
가득 차는...
온통 말갛게든 딸기 물,
자꾸만 스며들어
점점 더 생각이 난다
말로 전해지지 않아
계절이 바뀌기도 전에
사라져 간다

너를 처음 만난 계절

너를 처음 만난 계절

봄이었다.
바람은 살랑였고, 벚꽃잎이 흩날렸다.
그날, 너를 처음 만났다.

햇살에 스며든 웃음소리,
조금은 서툰 인사,
그리고 내 마음속에 피어난
작고 여린 떨림.

그때는 몰랐다.
너와 함께한 봄날이
내 기억 속 가장 따뜻한 계절이 될 줄은.

시간이 흘러도,
꽃은 다시 피어나고,
나는 다시 봄을 맞이한다.
하지만 그 계절의 너는
여전히 처음 만난 그날에 머물러 있다.

봄비

조용히 고요히
내리는 봄비

꽃잎 사이에
이슬이 고여있다네

꽃잎들이 이슬을
먹고 마시면 예쁜 꽃을
피우리라

색감을 주는 꽃

여러 색감을 갖고
있는 꽃들

노란색, 핑크색
아름다운 색이 있는
꽃들이라네

꽃마다 기분을
색다르게 해주는 꽃

봄이 오려나 준비
하네

봄이 와도

봄이 와도
난 설레지가 않아

계절은 봄, 여름, 가을, 겨울이
돌고 돌아 다시 오지만,
내 인생의 계절에는
봄도, 여름도, 가을도 없이
춥고, 힘든 혹독한 겨울만 있는 게 내 인생이다.

계절의 봄은
예쁜 꽃들을 피어나게 해 경치를 아름답게 하고
사람들을 설레게 하지

하지만 내 인생의 봄은
다가오는 봄을 맞이할 준비는커녕
아직도 한 겨울이다.

봄의 꽃들처럼
인생의 꽃을 피울 때도 된 것 같은데
올해도 어김없이 인생의 꽃이 아닌
내게 닥친 아픔과 힘듦을 견뎌내야 하는 봄이 되고
말았다.

그래서 난
봄이 와도
설레지가 않아

다가오는 봄도
내게는
그저 아픔과 슬픔일 뿐이다.

봄의 아이

나의 어린 시절은 아침에 홀로 힘겹게 눈을 떼어
거실로 나오면 늘 혼자였다.

엄마는 늘 새벽에 자전거를 타고 식당으로 가셨다.
엄마는 모르겠지만 나는 종종 베란다 너머로
자전거를 타고 떠나시는 그 뒷모습을
사라질 때까지 보곤 했다. 입김 나오는 베란다에서
덜덜 떨며 보던 겨울이 지나가고 곧 봄이 왔다.

흐드러지게 핀 벚꽃들은 빌라 담장 옆에
비 내리듯 내렸다.
혼자 개나리도 따서 미끄럼틀 위에서 날리곤 했다.
그럼 빙글빙글 돌다 떨어지는 게 그렇게 재밌었다.
그렇게 혼자 봄이랑 놀다 엄마가 멀리서

내 이름을 불러주시던 게 아직도 기억이 난다.

담장에 있던 색은 바랬지만 아기자기한 벽화들.
동네를 돌며 민들레도 보고 강가에 개구리도 잡았다.
나는 엄마의 등에 업혀 떨어지는 벚꽃도 잡았다.
햇빛에 비춰 투명한 벚꽃들, 그 꽃내음.

그리고 엄마의 등. 그것은 앙상하여 참 딱딱하였다.
딱딱하지만 솜 같은 품, 세상에서 가장 부드러운 것이
었다.

나는 그래서 봄이 참 좋았다.

다시 봄

처음 널 만났을 땐
분명 봄이었는데

뜨겁던 우리의 여름을 지나
쓸쓸한 우리의 가을도 지나

기어코 마주하게 된
겨울보다 차가운 너

너는 분명 하나인데
사계절이 모두 담겨있어

나를 다시 봐주면 안 될까
다시 봄
그때 그 봄으로 돌아와 주면 안 될까
다시 봄

봄의 향기

온화한 햇살과 산들바람이 함께하는 오늘, 꽃향기 가득한 아름다운 거리를 그대와 함께 거닐고 싶습니다.

이 순간을 영원히 간직하고 싶은 마음입니다.

그대 또한 같은 마음이라면, 파란 하늘에 하얗게 피어나는 구름처럼 우리의 사랑이 이 거리를 물들여 갈 것입니다.

이전과는 다른, 더욱 따스하고 포근한 감정으로 그대를 품는 것이 이제 저에게 가장 소중한 일이 되었습니다.

그대와 함께하는 모든 순간은 특별한 향기로 가득합니다.

초라했던 나를 사랑이라는 따스함으로 감싸주었던
나의 상처를 어루만져주던 그대의 향기
그 봄의 향기가 오고 있습니다.

눈부신 봄날

그대의 얼굴이 떠오르는 날이면 저도 모르게 미소가 지어집니다.

처음 그대를 만났던 순간, 봄날 눈 부신 햇살처럼 빛나는 그대의 모습에 매료되었던 기억이 생생합니다.

그 설렘 가득한 마음으로 그대와 함께라면 어디든 좋습니다.

매일 같은 길을 걷더라도 새롭게 느껴질 것입니다.

봄바람처럼 상쾌한 그대를 기다려왔기에, 이 벅찬 마음으로 그대와 함께 눈부신 날들을 만들어가고 싶습니다.

끝없이 펼쳐진 이 길을 따라, 그대의 손을 잡고 함께 달려 나가겠습니다.

눈부신 봄날처럼, 우리의 또 다른 봄이 찾아와도 변치 않는 마음으로 함께하겠습니다.

당신이 나의 봄이었구나

성공하고 싶은 나의 바람이
당신의 자리를 밀어내고 봄을 데리고 왔다.

도처에 아름다운 꽃들과 봄 내음이 한가득이지만
보고, 냄새 맡는 행위조차 버겁다.

아! 당신이 나의 봄이었구나.
잃고 나니 당신의 따듯함이 간절히 그립다.

당신이 없는 나에게 봄이 찾아왔지만
나에겐 겨울이 되었다.

겨울잠에서 깬 개구리

작년에 겨울 잠자던 개구리
깨어나 보니 웬 날벼락

지금쯤
모내기할 벼밭에서
물놀이도 즐기고
물장구치고 있어야 하는데

발 디딜 곳 없는 집터
이사 가야만 하는 신세
깨어나자마자 슬픈 현실

주인장의 나가라는 기계 소음 잔소리
아직 갈 길을 못 정한 개구리들

퇴근길 그 자리서
개굴개굴 울어대고
심야의 슬픈 하모니
주인장의 거침없는 질주

운다고 해결될 수 없다
그만 울고
또 다른 희망을 꿈꾸자!

이 또한 지나가리라!
또 다른 보금자리가
기쁨을 꼭 찾아줄 테니

겨울잠에서 깬 개구리들아
봄처럼 따스한 희망을 찾길

그댈 봄

그대가 오기를 기다렸습니다

약속한 시간이 지나도
그대는 오지 않았습니다

기다리는 내내
너무 춥고 힘들었습니다

얼마나 얼마나 더
추위를 견뎌내야 할지
그대가 야속해서 미웠습니다

그래도 오겠다는 소식을 주고
조금씩 조금씩 다가와 준

그대가 고맙습니다

파아란 하늘 위로 뭉게구름이 두둥실
솔솔 불어오는 바람 소리에 콧노래
활짝 피어나듯 연두빛 속 싱그러움

오늘 그대를 만나는듯해서
기쁨의 눈물도 잠시 흘리고
따뜻한 사랑을 느낍니다

더 다가와서 따뜻하게
안아주세요!
반갑습니다
봄이여

너로 피어나는 계절

넌 아마, 끝내 모를 거야.

너를 사랑하는 일이 내 마음의 전부였다는 걸.

빛을 잃어가던 나의 세상이,

너로 인해 다시 봄빛으로 피어났다는걸.

하지만, 그 행복은 우리가 함께할 때에만 머물 수 있었어.

그 전제가 무너진다면,

내 봄은, 다시는 오지 않는 걸까...

그럼에도 나는,

여전히 너를 사랑하며 모든 계절을 너로 살아가고 있어.

벚꽃이 지는 날에도

사랑이 벚꽃처럼 쉽게 저버리지 않았으면 좋겠다.

가장 아름다운 순간에, 가장 찬란한 빛을 머금고선
금방 사라져 버리는 것이 아니라.

봄날의 붉은 모란처럼,
짙고도 깊게, 오래도록 곁에 머물러 주었으면 좋겠다.

기쁨도, 슬픔도, 흔들리는 마음마저도
한순간의 바람에 흩어지지 않고,

조용히 스며들어 감싸주었으면 좋겠다.

언젠가 결국 져버릴 것을 알면서도,
그럼에도 불구하고,

조금만 더,
내 곁에 머물러 주기를...

봄바람

살랑살랑 불어오는 봄바람에
내 맘 고이 접어 날려 보낼 테니
조만간 너의 마음도
봄바람에 실어 날려 보내줘.

오늘도 너의 마음 전해질까
봄바람을 살며시 잡아보는데
여전히 너에겐 아무 소식이 없구나.

봄비 내리는 아침

밤새 내리던 봄비가 아침까지
촉촉하게 운치 있게도 내린다.
아파트 화단에는 봄비 맞은 알록달록
철쭉꽃들의 색깔이 더 어여쁘다.

노란 우산 들고 빨간 장화 신고
엄마 손 잡고 첨벙첨벙
귀여운 꼬마 아가씨의 얼굴에도
행복이 가득해 보인다.

봄비 내리는 아침
너무나 촉촉하고 운치 있어서
참 좋다.

너와 나의 봄

횡단보도 앞, 주위는 분홍빛으로 물들어 있다. 벚꽃잎이 아름답게 비를 내리고 거리에선 웃음소리가 끊이지 않는다. 손을 맞잡고 걸어가는 커플들 틈에서 네 모습이 보였다. 높게 묶은 포니테일, 아이보리색 니트에 청바지를 입은 네가 신호 건너편에서 나를 발견하고 두 손을 크게 흔든다.

초록불. 신호가 바뀌자마자 네가 제일 먼저 달려올 기세로 발을 내딛는다. 저절로 미소가 지어졌다. 천천히 오라고 너한테 말하려던 참이었다. 그 순간,

끼이이익, 퍼억. 갑자기 들려오는 끔찍한 충격음. 눈을 감고 귀를 막아 반사적으로 몸을 웅크렸다. 다시 일어섰을 때 눈에 보이는 건 벚꽃들이 아름답게 수놓은 풍경이 아닌, 돌진한 자동차 앞에서 피를 흘리며 쓰러져 있는 네 모습이었다. 너는 천천히 고개를 내

쪽으로 꺾어 나를 똑바로 쳐다봤다. 얼굴 전체에 피를 뒤집어쓴 채, 아주 새빨갛게 충혈된 눈으로.

온몸을 뒤척이다 잠에서 깼다. 눈가에 남아있는 물기가 불편해 두 손으로 벅벅 문질렀다. 베개를 만져보니 납작하게 눌린 부분 근처가 축축하게 젖어있었다. 오늘도 같은 악몽을 꿨다. 매일매일 똑같은 악몽은 나를 놓아주지 않고 갈수록 더 끈질기게 붙잡았다.

좁은 방 안은 햇살을 가득 담고 있어 불을 켜지 않아도 제법 밝았다. 주변을 더듬어 핸드폰을 잡으려다가 말았다. 오늘은 4월 6일 일요일. 아마도 그럴 것이다. 아직 핸드폰을 확인하지 않았지만 알 수 있었다. 나는 4월 6일에 갇혀있으니까.

벚꽃이 흩날리는 봄날, 네가 죽었다. 단순한 교통사고였다. 너는 그렇게 단순하게, 간단하게 나에게서 떠났다. 차가운 아스팔트 아래에서 피를 흘리며 쓰러져 있는 너를 보고 있을 때에도, 구급차를 타는 중에도, 수많은 꽃 가운데 해맑게 웃고 있는 너의 영정사진을 바라보고 있을 때도 모든 상황이 믿기지 않았다. 아니, 부정하고 싶었다. 눈앞에서 닥친 상황을 외면하고 싶었다.

내 일상은 너와 함께 멈춰졌다. 밥이 목구멍으로 넘어가지도 않았고 움직이고 싶은 마음도 없었다. 집안 구석에 쭈그려 앉아 매일 울었다. 어느 날은 믿지도 않는 신을 붙잡고 빌었다. 누구라도 좋으니 다시 그날로 돌아가게 해달라고. 돌아가서 너를 살리게 해달라고. 누구보다도 간절하게 빌었다.

보이지 않는 신은 하찮은 나의 기도를 들어주셨다. 눈을 떠서 제일 처음으로 마주한 날짜는 4월 13일이 아닌 4월 6일이었다. 곧장 양 볼을 세게 꼬집었다. 아프다. 이건 꿈이 아니다. 서둘러 메신저 앱을 켜서 너와의 대화 목록을 봤다.

[내일 1시, 은빛 공원 놀이터에서 보는 거다!!]

마지막 문자는 부고 문자가 아니었다. 일어나서 나갈 준비를 했다.

너와 길을 지나가는 내내 주변을 살폈다. 함께 보기로 했던 신작 영화와 단골 분식집의 떡볶이, 순대에 눈을 돌릴 수는 없었다. 최대한 길 안쪽으로 걷게 하고 신호가 없는 길로 빙 둘러 가자고 제안했으며 횡단보도를 건너야만 하는 상황에서는 드라마에서 나오는 경호원들처럼 두 손을 뻗고 너의 주변을 빙 돌면서 걸었다. 주변 사람들이 이상하다는 듯 쳐다봤고 너 역시 비슷하게 나를 쳐다봤다.

"아까부터 너 뭐 하는 건데."

약간은 신경질적으로 변한 목소리를 듣고 있다가

"아니야, 아무것도."

그렇게 무마했다. 네가 떠나갔던 4시 15분은 멈추지 않고 그대로 흘렀다.

시간은 5시가 넘었다. 우리는 벚꽃이 무성한 나무들이 줄지어 있는 공원의 거리를 걸었다. 잠깐 화장실에 다녀오겠다는 너를 보내고 벤치에 앉아 안도의 한숨을 쉬었다. 앞으로도 너를 볼 수 있겠다는 생각에 눈물이 고였다. 누군지 모를 신께 감사했다.

그때처럼 하늘이 참 맑았다. 산뜻한 바람이 불어와 연분홍 벚꽃잎 하나가 무릎에 떨어졌다. 그리고 끔찍한 비명소리가 들렸다.

4월 6일의 루프는 반복되었다. 그 뒤로는 완전히 너와 붙어 다녔다. 당연하게도 화장실은 절대 보내지 않았고 집에 가는 길도 같이 갔다. 해가 저무는 밤까지 너의 집 앞에 보초를 서서 너를 지켰다. 아무 소용이 없었다. 어떤 방식으로 발버둥 쳐도 너는 사라졌다.

눈앞에서 여러 번 끔찍한 풍경이 이어졌다. 어쩌면 우리가 만나는 순간부터 잘못된 것이 아닐까 약속을 취소하기도 했지만 결과는 똑같았다.

그렇게 난 너를 포기했다. 더 이상 너를 붙잡지 못하고 주저앉았다. 예전처럼 집에 틀어박혀 나오지 않았다. 네가 수도 없이 죽어가는 모습이 꿈속에서 리플레이되었다.

눈이 내린다. 함박눈이 펄펄 내리고 세상은 한낮인데도 어둡다. 눈들은 옹기종기 어울려 온 바닥을 덮고 있고 지나가는 사람 하나 없었다. 아니, 한 명 있었다. 새하얀 눈길 위에 얇은 후드티와 바지 한 장만 걸쳐 입은 누군가 눈을 감고 누워있다. 얼굴과 손이 벌겋게 변한 채 미동 없이 홀로 그 자리에. 씹다 뱉은 껌처럼, 음료수를 다 마시고 구겨서 던져진 캔처럼 처량해 보였다. 잠시 후 퍼석, 퍼석. 눈 밟는 소리가 들렸다. 뒤이어,

".. 기요! 괜찮으세요? 저기요!"

그리고 뒤늦게 잠에서 깼다.

짧은 잠을 더 잤나 보다. 머릿속에 꿈속 장면이 다시 맴돌았다. 오랜만에 악몽이 아니었다. 너와 처음 만났

을 때의 모습이었다.

핸드폰을 들여다보니 9시 10분, 평소보다 이른 시각에 깨어났다. 그런데 아래 날짜는…

4월 7일

나도 모르는 새에 4월 6일에서 벗어났다. 루프에 빠지는 것도, 나오는 것도 단순하고 간단했다. 하지만 뭐가 달라진 걸까. 이 모양인 건 전에도 지금도 똑같다. 신은 무슨 의도로 나를 루프에 빠지게 한 걸까.

널브러져 있던 이불을 대충 갰다. 정돈되지 않고 접은 부분이 중간중간 비죽 튀어나와 있었다. 이불을 구석에 밀어 넣고 베개도 함께 올리려다가 문득 책상 위 유독 반짝이는 한 부분이 눈에 들었다. 영롱하게 빛나는 벚꽃 파츠였다.

".. 내요.. 같이 앞으로 나아가자고요."

기억 속에서 네 목소리가 들렸다. 과거의 장면이 떠올랐다.

그날, 너는 119를 불렀고 나는 구급차를 통해 병원으로 옮겨졌다. 몸에 다른 이상은 없고 심각한 동상이 아니라 다행이라는 의사의 소견을 들은 뒤 나는 병실의 침대에서, 너는 선채로 나를 내려다보며 어색하게

서로를 마주했다. 곧이어 네가 입고 있던 검정 패딩을
벗어 나에게 덮어주었다.

"괜찮습니다."

"아니에요. 덮고 있어요. 추우실 텐데.."

내가 패딩을 돌려 주기 위해 옷을 만지자 너는 더 단
단히 나를 싸맸다. 나는 손을 내리고 얌전히 너의 손
길을 받았다. 패딩을 감싸주면서 네가 물었다.

"지병이 있는 거예요?"

"아니요."

"요즘 일을 많이 하거나 피곤하세요?"

"아니에요."

너는 옷에서 손을 떼고 나를 똑바로 쳐다보며 말했다.

"갑자기 쓰러지신 거라고 하지 않으셨..."

"사실 아니에요.."

너의 말을 끊고 이어 말했다.

".. 그냥… 눈이.. 되고 싶었어요.."

"..."

"아무도 .. 발견하지 말았으면 했어요…"

내 한마디에 순간 얼마간의 정적이 흘렀다. 너와 나
사이의 분위기가 무거워졌다. 이상한 말이었지만 사

실이었다. 그곳에서 다른 눈들과 함께 천천히 녹아내
려 아무도 모르게 사라지고 싶었다. 네가 말했다.

"무슨 일 .. 있으세요? … 괜찮아요?"

그 말을 듣자마자 간신히 참고 있던 눈물이 터졌다.
느닷없이 울어버리는 상대에 당황한 너는 경직된 상
태로 나를 지켜봤다. 한 번 터진 눈물샘은 주체 없이
폭발했고 나는 어느새 걸쳐져 있는 패딩을 벗고 얼굴
과 손목이 엉망이 될 정도로 울었다.

너는 말없이 나를 바라보며 어깨를 토닥여줬다. 어디
선가 각 휴지를 찾아와 내게 건넸고 나는 휴지를 반
통씩이나 써서 겨우 눈물을 그칠 수 있었다. 또다시
어색한 침묵이 흘렀다.

"그…"

먼저 침묵을 깬 건 너였다.

"무슨 사정이 있는 건지는 몰라도.. 힘들땐 쉬어도 돼요."

".. 네..?"

"큰 시련이나 견딜 수 없을 것 같은 고통, 실패 앞에
서, 사람이라면 누구나 잠시 재충전의 시간이 필요하
잖아요. 그쪽도 마찬가지고요. 그리고 다시 일어나는
거죠. 끝은 새로운 시작이라는 말도 있으니까. 아, 너

무 오지랖이었나요?"

나는 눈가에 남은 물기를 닦고 너의 이야기를 듣고 있었다.

"그리고, 이거."

너는 가지고 온 에코백 속 책 한 권에서 무언가를 빼내어 내 손에 쥐여줬다.

"선물로 드릴게요. 제가 제일 좋아하는 거예요. 예쁘죠?"

네가 나에게 준 선물은 고리 형태의 금속 책갈피였다. 아마 당시의 너는 내가 누워있던 곳을 지나 은빛 도서관에 가는 길이었다고 말했다. 책을 참 좋아하고 봄을 정말 좋아하는 너였다. 갈고리처럼 안으로 휘어져 있는 끝부분에 큰 벚꽃 파츠 하나와 아기자기한 분홍빛 장식들이 방울방울 키링처럼 달려 있었다. 나는 받은 책갈피를 가만히 보고 있다가 말했다.

"이건.."

"곧 겨울이 지나고 봄이 오잖아요. 벚꽃이 추위를 견디고 모습을 드러내듯이.. 다시 일어날 수 있을 거예요. 힘내요. 같이 앞으로 나아가자고요."

".. 말을 되게 멋지게 하시네요."

"그런가요? 책을 좋아해서 그런가 봐요."

빙긋 웃는 너를 따라 나도 입꼬리를 올렸다.

그랬다. 내 모든 삶의 희망은 네가 시작이었다. 네 덕에 앞으로 나아갈 수 있었고, 그랬기에 너를 붙잡고 싶었고, 그러지 못했던 내가 원망스러워 나를 가뒀다. 나와, 그리고 너까지 4월 6일에 묶어 떠나보내지 않았다.

하지만 그때의 너는 말했다. 겨울이 지나고 봄이 찾아오듯이, 푹 쉬고 난 후 새로운 시작을 할 때라고. 같이 앞으로 나아가 보자고.

이젠 정말로 앞으로 나아갈 때였다. 그렇게 나는 문을 열고 밖으로 나왔다. 하늘은 맑았고, 봄은 여전히 그 자리에 있었다. 바람결에 흩날리던 벚꽃잎 하나가 내 손에 닿았다. 그리고 나는 그것을 조용히 쥐었다. 멈춰져 있던 너와 나의 봄이 흐르고 있었다.

봄

내가 바라는 건 녹음 짙은
봄이 아니다

이유도 없이 봄에
위안받는 그대들의 마음이다

봄밤 미풍에
흩날리는 꽃잎을 보는 기쁨이다

무엇이든 이룰 수 있을 것 같은 용기다
사람은 각자 다른데
같은 마음을 갖게 하는 희망이고
기적이다

그리하여 봄은
유난히 아름다운 눈부신 보석이다

봄밤

바람은 따사롭고
어둔밤에 꽃들이 불을 켜주고

알전구 반짝이듯
꽃나무 아래엔 별들이 쏟아진다

홑겹 옷매무새 여미는
떨리는 내 어깨 위로
그대 온기 가득한 옷을 걸쳐주며
넓은 품에 나를 꼬옥 안으니

봄밤이 이렇게나 아름다웠구나
그대 나지막한 고백에

봄밤이 이렇게나 아름다웠구나...
봄밤이 이렇게나 아름다웠구나...

이별 후에, 봄의 꽃

사랑하는 친구들
모두 보고 싶구나

언젠가
우리
다시 만날 수 있기를

각자의 색깔로
나름의 향기로
활짝 핀 꽃이 되어

봄의
향연의 축제에서

우린 모두 꽃이었다고

서로 어깨 토닥이는
그날이 오기를

모두가
봄의 꽃이었음을

이별 후에 알았네.

봄

아 너무나도 따듯하다.
진짜 봄인가 보다.
몸의 세포들이 힘을 풀고
경직됐던 마음의 근육들도
봄 햇살에 노곤해진다.

부드러운 날씨 덕분에
다시 뛰고 싶다.
움츠렸던 기운은 늘 그렇듯
왈칵 봄의 품에 안긴다.
내 안에 따듯함이 꽃 핀다.

우리 엄마는 새색시입니다

우리 엄마
곱고 고운 새색시 우리 엄마

똑같은 장소 똑같은 옷 벚꽃 구경 나들이에
엄마 인생 사진 건지게 하고 싶어 열심히 찍어댔다.

집에 오니 벚꽃 나무 아래 웬 중년의 아줌마
팔자주름이 만개 핀 우리 엄마
꽃같이 어여쁜 눈방울에
함박웃음 짓고 있는 새색시 우리 엄마

내 갈 길이 바빠 엄마 얼굴 신경도 안 쓴 불효자는
엄마 얼굴에 깜짝 놀라며 마음이 찡해졌다.

세월에 흔적이 고스란히 보이는 우리 엄마
세월에 흔적이 고스란히 보이는 우리 엄마

저 벚꽃 나무 아래에 새색시는 우리 엄마
내 눈에만 어여쁜 새색시

지금 벚꽃 흩날려요

봄이면 돌아오겠다는 사람이
벚꽃이 흩날리는데도 오지를 않네!

붕어빵이 식을까 품고 따뜻하게 배달해 주던 사람이
따뜻한 밥상 앞에서 기다리지만 오지를 않네!

감기 걸린다며 패딩 껴입으라던 사람이
이젠 너무 더워 긴팔을 입었지만 오지를 않네!

전기장판 틀고 자라는 사람이
전기장판 정리해도 오지를 않네!

벚꽃 흩날리면 온다고 하지 않았어?
따뜻할 때 다시 오지 않는다고 하지 않았어?

나랑 벚꽃 구경하러 온다고 하지 않았어?

봄이 오면 돌아온다는 사람이
벚꽃이 흩날리는데도 오지를 않네!

온기

햇살이 살짝 스미는 아침,
꽃잎이 수줍게 입을 여네.
바람은 살랑이며 귓가에 속삭이고,
내 마음도 가만히 두근거린다.

겨울 끝자락에 남아 있던
차가운 기억들이 녹아내려,
살랑이는 바람 끝에 실려 가고
따스한 온기가 가슴을 채운다.

길가에 피어난 꽃처럼
나의 설렘도 활짝 피어나,
누군가의 마음에 살며시 닿기를
봄과 함께 소망해 본다.

봄밤

달빛이 살며시 내려앉은 밤,
봄은 조용히 속삭인다.
잔잔한 바람 사이로
꽃잎 한 장이 흩어지고.

멀리서 들려오는 개울물 소리,
누군가의 웃음소리가 섞여
밤공기에 퍼지면
시간도 살짝 느려지는 듯하다.

벚나무 아래 서서
손끝으로 봄을 만져본다.
금방이라도 사라질 것 같은 이 순간,
그러나 영원히 가슴속에 남을 순간.

봄밤은 그렇게
기억과 그리움을 담아
달빛 속으로 흩어진다.

동녘

서늘함이 가고 포근한 이불과 아침
추웠던 해가 따뜻할 시간인가
해가 없는 밤은 쌀쌀했는데
이제 잠에서 깨어나
일어나지 않으면 더울 터다

봄을 무서워한 아이

여행을 준비하던 은수는 고민 끝에 할아버지가 사는 시골을 선택했다. 거긴 인터넷이 들어오지 않아 일반 전화기로만 통화할 수 있었다. 행여 모를 사고를 대비하여 주위를 연신 살피고 있는데, 옆에 있는 엄마가 부산을 떨었다.

"엄마하고 내일 아침에 가면 안 돼? 연차받았는데….."

"싫어. 내일은 안돼. 오늘이어야 해."

걱정하는 엄마에게 미안했지만, 단호하게 말하고 막 도착한 시외버스에 올라탔다. 지정 좌석까지 짐을 옮겨주던 엄마의 표정이 좋지 않았다. 걱정하는 기색이 역력했지만, 엄마를 안심시켜 줄 만큼 여유가 없었다.

드디어 버스가 출발했다. 서서히 서울을 빠져나가는

차를 보며 창밖으로 시선을 옮겼다. 그런데 서울역 500m라는 안내표시판을 보는 순간 호흡이 빨라졌다. 이마에는 땀에 맺히고, 척추 마디마디에 힘이 들어가면서 숨을 쉴 수가 없었다. 버스가 왼쪽으로 방향을 틀까 노심초사하는 중에 바로 고속도로 안내표지판이 나왔다. 그제야 서서히 긴장이 풀리면서 잠이 쏟아졌다. 시외버스 기사가 은수를 깨웠다. 언제 도착했는지 한적한 시골 터미널에 은수가 가장 좋아하는 할아버지가 보였다. 반가운 표정이 역력한 모습으로 은수를 맞아 주었다.

"우리 은수, 억수로 커 버렸네!"

평소에도 가장 좋아하는 할아버지였기에 만나면 그동안 있었던 긴장감은 다 사라질 줄 알았다. 그런데 아니었다. 은수보다 한 뼘이나 작은 할아버지의 손이 눈앞으로 다가오자 오로지 그 손밖에 보이지 않았다. 순식간에 공포로 주춤 물러나 눈을 꼭 감았다. 순간 '아차' 싶었으나 다행히 할아버지는 눈치채지 못했는지 여느 날과 마찬가지로 발을 살짝 들어 은수의 머리를 쓰다듬었다. 은수는 따뜻한 손길에 울컥 눈물이 날 뻔했다. 정말 오랜만이었다. 불쑥 들어온 따뜻함이 좋으면서도 낯설게만 느껴졌다.

"배고프재?"

"아뇨."

또 실수하고 말았다. 이제껏 할아버지에게 높임말을
해본 적이 없었다. 항상 친구처럼 아웅다웅하는 사이
다 보니 어릴 때부터 밴 반말을 고치지 못했다. 그런
데 일상처럼 배어버린 높임말에 익숙해져 버린 것이
다. 할아버지가 이상하게 생각할까 다급하게 바로 고
쳐 말했다.

"아니, 괜찮아."

혹여 할아버지가 이상하게 생각하는 건 아닌지 눈치를
살폈지만, 표정 변화 없는 할아버지를 보고 안심했다.

"그래? 다행이네. 할머니 기다리시니까 어서 가자."

택시 승강장에 대기하고 있던 차를 바로 타던 할아버
지는 익숙한 얼굴인 듯 반갑게 택시 기사에게 인사했
다. 택시 기사도 할아버지가 타자마자 반가운지 고개
를 돌려 은수와 할아버지를 번갈아 쳐다보며 말했다.

"누구요? 손주요?"

"잘 생겼재. 막내딸 아들내미. 내 전에 말했재? 그 손주 아이가."

"맞네. 역시 할배하고 판배기네."

"글채? 내가 안 카더나? 내랑 똑같이 잘생긴 손주 있다고."

"전에 손녀랑 탈 때랑 다르게 할배 신나셨네. 아이고마. 할배가 진짜 부럽다. 울 아들은 은제 장가가서 저런 손주 하나 안겨줄까 모르겠네."

평소였다면 즐겁게 느껴질 대화가 그저 소음처럼 시끄럽기만 했다. 그만 조용히 해줬으면 좋겠다고 생각할 때 집 앞에 도착했다. 할머니께서 살갑게 다가왔지만, 본 척 먼저 집으로 들어왔다. 집 입구에서 둘러본 풍경은 첩첩산중뿐이었다. 그 사실이 너무 반갑고, 안심되었다. 식욕 따위 잃은 지 오래되었지만, 평소 유난스러운 할머니의 참견을 피하려면 먹는 척이라도 해야 했다. 그리고 잠시 자리를 비운 사이 작은 창고 방으로 들어와 숨었다. 누군가의 발소리가 들리는 순간 만일을 대비해 문을 잠갔다.

한편, 작은 골방에 문이 잠기는 소리를 들은 할머니는 심각한 표정으로 할아버지께 물었다.

"영감, 은수가 왜 저래요? 오는 동안 무슨 일 있었소?"

할머니는 평소와 다른 은수가 걱정되었다. 평소의 그녀였다면 호들갑을 떨고도 남은 상황이었지만, 아무것도 물어볼 수 없었다. 그런 할머니가 할아버지는 고마웠다. 사실 할아버지도 막내딸의 전화만으로 무슨 일인지 알 수 없었기에 사정은 몰랐다. 미심쩍은 은수의 행동과 막내딸의 걱정이 부디 큰 일이 아니길 빌뿐이었다. 그러나 수학여행 후 달라졌다는 딸의 말로미루어볼 때 고등학교 2학년 은수가 감당하기엔 결코간단한 일은 아닌 듯했다.

과연 은수에게 무슨 일이 있었던 것일까?

은수는 며칠을 방에만 틀어박혀 있다가 가끔 밤 중에몰래 집 뒷산으로 올라갔다. 깊은 산에서 한 일은 악을 쓰는 것이었다. 가끔 분을 참지 못하겠다는 듯이바위와 나무에 주먹질을 하기도 했다. 그런데 더 이상한 일이 벌어졌다. 평소엔 밤바다가 무섭다고 절대 따라나서지 않던 섬낚시에 따라가고 싶다고 말하는 것이다. 섬낚시는 이 마을에 남은 유일한 젊은이 (그래봤자 60줄에 있는) 김 씨와 가끔 가는 할아버지의 유일한 취미였다.

셋은 김 씨가 운전한 차를 타고, 1시간가량 떨어진 항구에 도착했다. 거기서 섬까지 데려다 줄 작은 배를 타고 이동했다. 섬에 도착해 익숙하게 김 씨는 텐트를 치고, 할아버지는 저녁을 준비했다. 그런데 은수가 보이지 않았다. 놀란 마음에 은수를 찾아 헤매던 그에게 절벽에 아스라이 서 있는 은수가 보였다. 앞뒤 잴 것 없이 뛰어가 은수를 안았다. 갑작스러운 포옹에 은수는 화들짝 놀란 듯하지만, 할아버지는 가슴을 쓸어내렸다.

"할아버지, 그게 아니고 그러니까 이건 ….”

"그래. 안다. 밤바다가 잘못한 거지. 밤바다가 더 가까이 오라고 하드재. 요 밤바다가 고약한 놈이지. ”

그러고 보니 은수가 유치원생 때였다. 그때도 이런 적이 있었다. 그땐 할아버지가 말한 대로 순전히 밤바다 때문이었다. 아마도 그때 이후로 무서워서 할아버지가 어딜 가든 따라가던 은수가 섬낚시 특히 밤낚시는 따라가지 않았던 것 같다. 그런데 오늘은 과연 밤바다의 잘못일까?

"할배요? 아는 괜찮소? 많이 놀랐재? 바다가 저래 보여도 최면 하나는 기똥차게 건다. 시꺼먼 바다 사이로 허연 파도를 계속 보면 니도 모르게 빨려 들어가게 되는 기라. 니 잘못 아이니까 그리 안 떨어도 된다."

김 씨가 바라본 은수는 겁에 질려 있었다. 몸을 떠는 게 걱정되어 괜히 잘못이 아니라고 말했다. 다행히 은수는 금방 진정되었다. 할아버지 옆에 앉아 찌만 바라보는 모습이 불안해 보이는 것만 빼고 말이다. 잔잔한 바다와 다르게 새벽이 되도록 물고기는 한 마리도 낚지 못했다. 지루해진 김 씨는 먼저 일어났다. 그리고 그 뒤를 은수가 따랐다. 은수의 뒤척임에 도통 잘 수가 없었다. 얼마나 지났을까? 은수가 밖으로 나갔다.

"할아버지."

은수는 지금이 기회라고 생각했다. 평소 대답을 잘 하지 않는 할아버지가 대꾸하면 말하자고 마음을 먹었다. 그런데 그 맘을 알았을까? 할아버지가 답했다.

"와?"

할아버지에게 시선을 옮겼다가 다시 바다를 바라보며 말했다.

"만약에 내가 없어지면 할아버지는 어떡할래?"

평소였다면 분명 화내고 남을 말이었다. 그러나 오늘은 아프고도 무거웠다. 가슴을 짓누르는 무게를 이겨내며 할아버지는 아무렇지도 않게 가볍게 답했다.

"당연히 찾으러 가야지. 아를 잃어버렸으믄 찾으러 가는 게 당연한 기지."

"찾아도 없으며?"

"찾을 때까지 돌아다녀야지."

"하긴 어릴 때도 할아버지는 그랬지? 내가 숨바꼭질하다 길 잊어버렸을 때도 엄마랑 아빠 말고 할아버지가 꼭 있었지. 그래서 내가 할아버지 좋아하잖아."

은수는 할아버지 옆으로 더 가까이 다가갔다. 할아버지 체온과 함께 평소보다 빠른 심장 소리가 들리는 듯했다.

"있잖아. 수학여행 가서 또 길을 잃어버렸어. 정신 차리고 보니까 대여섯 명 되는 형들이 영화처럼 막 히죽히죽 웃으면서 나를 보고 있었어."

마치 그 순간에 있는 것처럼 몸이 바들바들 떨렸다. 다시 회상하고 싶지 않은 그때로 돌아가는 것 같았다.

"무슨 소리했는지 뭔 일이 있었는지 하나도 기억 안

나. 그냥 선생님께 전화해야 한다는 생각밖에 없을 때 전화벨이 울렸어. 처음 보는 낯선 이름이 액정에 뜨니까 내 핸드폰이 아닌 줄 알았어. 그런데 뒤에서 누가 어깨를 툭 치는 거야."

할아버지는 자기 팔에 매달리다시피 안겨있는 손주를 안쓰럽게 바라보았다. 달달 떨리는 입으로 이어지는 말들은 듣고 있는 것만으로도 가슴 아팠다.

"간 줄 알았던 그 형들이 서 있었어. 우리 학교 애들이 모여 있는 장소까지 데려다준 형들은 내가 돌아가는 걸 지켜봤어. 그때부터 시작이었어. 그날 이후 TV에서 보던 게 나한테도 일어났어. 형들은 수학여행이 끝난 후에도 계속 날 괴롭혔어. 돈을 요구하는 건 쉬웠어. 가끔 찾아오지만 않았어도 괜찮았을 거야. 일을 안 하는 형들이라 돌아가면서 서울에 올라오면 나는 학원도 못 갔어. 이리저리 끌려다니다 보면 어느새 우리 집 현관문 앞인데, 그조차 형들이 허락해야 들어갈 수 있었어."

긴 이야기를 이어가는 동안 할아버지의 안전한 품속에 있었기에 겨우 말할 수 있었다.

"할아버지 도와줘. 형들이 지금 날 찾아다닐 거야. 우리 집, 학교, 내 친구들 다 알아. 어쩌면 나 때문에 위험한 상황일지도 몰라. 할아버지, 방학이 끝나가고 있어. 봄이 오는 게 무서워."

할아버지는 손주를 안아주었다. 괜찮다는 말은 안 했다. 그저 할아버지 곁이 제일 안전하면 여기 있으라고 했다. 은수가 스스로 겨울 방학을 끝내고 봄을 맞을 때까지 말이다.

은수가 겨울 방학에 머물러 있는 동안 막내딸 내외는 정신없이 바쁘게 돌아다녔다. 은수가 돌아올 자리를 되찾아주기 위해 백방으로 돌아다녔다.

나의 봄인 당신에게

미안하지만
허락받지 못하고
당신을 사랑하고 말았습니다

꽃잎이 눈처럼 내리던 날
봄처럼 찾아온 만남이었습니다

벚꽃잎을 맞으며
환하게 웃던 미소가
저와 마주친 순간에도 멈춤 없었지요

제게도 봄이 오고 있었습니다
당신 앞으로 다가가는 걸음이
그렇게 설렐 수가 없었습니다

당신에게 저는 아무것도 아니어도 됩니다
당신 옆에 제 자리가 없어도 됩니다
당신이 행복하다면 그걸로 충분합니다

완전한 이별을 위해
고백할 수밖에 없었습니다

당신은 웃었지요
당신은 봄처럼 다가왔지만
겨울처럼 떠나고 말았습니다

딱 한 번의 마주침이었으나
딱 한 번의 고백을 했고
딱 한 번의 이별을 했지요

여전히 봄이 오면 당신이 생각납니다
여전히, 봄이 오면 당신만 생각납니다
여전히 저의 봄은 당신이니까요.

너는 꽃이니까

이름 모를 바람이
너를 흔들어 흐느끼게 한다면
네가 꽃이어서 질투하는
꽃샘바람이라 생각하라

바람이 지나간 자리마다
네 향기가 남는다면
그 또한 네 운명이라 여기라

오늘은 많이 흔들려도 괜찮다
꽃잎이 바람에 지더라도
아래에서 새로운 잎이 돋아날 테니

어제보다 따뜻한 햇살이
너의 어깨를 감싸주리니
마음 졸이지 말고 기다려라
머지않아 봄바람이 어루만지고 가리니
그때는 바람에게 웃어주어라

네가 피어난 자리에서
너는 충분히 아름답다
그저 그대로, 네 모습 그대로

봄에는 빨간 구두를 신어요

햇살이 골목길을 물들여서
빨간 구두를 꺼내 신었어요

겨울 내내 접어 두었던
동백꽃 한 켤레를 조심스레
끌어올리는 발걸음에

창가에 머물던 바람도 따라오고
어제보다
따스한 햇볕이 발가락에 물들어요

꽃잎처럼 가볍게 걸어요
어디든 닿을 수 있을 것처럼

바알간 발자국이 번지는 길 위에
봄이 한 뼘 더 가까워졌어요

나무들은 조용히 귀를 기울이고
또각또각 소리에
골목 끝, 봄소리가 낮게 피어나요

봄비

봄비가 내렸다. 비가 와도 좋은 날이었다. 부슬부슬 떨어지는 이 빗소리도 적당히 시원한 공기도 오랜만이었기에. 유난히 여름철 만남이 잦았던 우리에겐 비에 대한 기억이 남아있었다. 내가 좋아하는 빗소리에, 편안한 향기 속, 서로가 함께. 모든 것이 완벽했다.

장난 가득한 웃음 안에 날 보는 눈빛이 마음을 간지럽혔다. 그 간지러운 마음에 난 더 크게 소리 내어 웃었다.

머리 위 하늘이 온통 분홍빛 꽃잎으로 가득 찰 때, 그 꽃잎이 비가 되어 내릴 때. 그대가 내 손을 잡고 걷는 그림을 수도 없이 그려왔다. 그가 '다음 해에도, 그다음 해에도 함께 할 수 있잖아.' 라고 하는 말에 괜스레

입을 삐죽거렸다. '우리의 봄은 처음, 처음이잖아.'

어느 순간부터 나는 당신이 아닌 다음이란 말과 함께
였다. 여전히 다음을 외치던 당신에게 다음이란 없다
며 뿌리치던 나, 어느 정도는 예견하고 있었던 거겠
지. 잡은 손 놓은 건 뿌리치던 내가 아닌 결국 당신,
당신이니까.

당신이 말하던 그다음의 우리가, 더 이상 우리가 아니
게 된 날. 그다음 해 봄비가 내리던 날.

목련

우리들의 사랑은 마치 목련꽃 같아

사랑할 땐 그 어떤 꽃들보다 한없이 빛나지만
꽃이 지고 난 뒤 그 자리는 너무나도 추하게 남아버
렸거든

가장 먼저 피고 가장 먼저 지는 목련이
마치 빠르게 식어버린 우리의 관계 같더라

한창때는 그리 아름답던 꽃잎들이
지고 나서는 그렇게 추할 수가 없더라

봄이 다 지나기도 전에 목련은 져버리더라
너를 향한 내 마음도 언제나 봄일 수는 없듯이
그렇게 빠르게 져버리더라

봄날

쏟아지는 햇살이
너를 향하고
내리쬐는 마음이
너를 안는다.

따뜻해 좋았다.
내 가슴이

부슬부슬 봄비가
나를 적시고
부드러운 눈빛이
나를 덮었다.

촉촉해 좋았다.
내 사랑이

바람 불면 결 따라서
네게로 가고
꽃이 피면 향기 따라
내게로 온다.

그래서 좋았다.
봄날이라서

봄에 너를

봄에 너를 마주했다면 어땠을까
푸릇한 잎사귀가 맺힐 계절부터 가까워졌다면
여름, 아니 그 가을도 지나
겨울바람에 같이 얼어붙을 수 있었을까
다음 해의 봄을 같이 맞이할 수 있도록

스프링 노트

얼어붙은 겨울의 일기를 녹이기 위해
봄의 태양을 몇 개월 앞서 데리고 왔다

아직 살아있던 영혼은 굳어버린 육신을 뒤로한 채
한발 먼저 봄으로 회귀했다

그리곤 새 육체를 만들어 봄을 보내었다
누구보다 후회가 남지 않도록 생기있게 보내었다

파리한 죽음이 되어버린 겨울의 가죽을 뒤로한 채

봄

봄
겨울 지나고 온
첫 계절
첫사랑
그리고 어린 시절

봄
벚꽃
꽃놀이
분홍빛 계절
분홍빛 사랑

그러나 봄
꽃가루

먼지
마음속 생채기

봄만 있나
여름도 가을도 있고
겨울도
있지

너

너를 꽃이라 부르려 했지만

너의 아름다움을
꽃이라는 단어로 담기에는 부족했다

너를 봄이라 부르려 했지만

너의 따뜻함을
봄이라는 단어로 담기에는 부족했다

그냥 너는,
나에게 너다

그 어떤 단어로도 대신할 수 없는
그 어떤 단어로도 형용할 수 없는

신기한 일

그것도 모르니
그 말을 들으면
마음에 아프게 남더라

그것도 모르니
내 계절 추울 때는
상처는 메아리가 되곤 했다

그것도 모르니
그 말을 했던 이에게 물으니
기억이 안 난다 하더라

그것도 몰랐네
내 계절 꽃 필 때는
상처 없이 잊을 수 있더라

그것은 모르니
몰라도 되는 일
오해가 없으니 흔적도 없다

그렇게 다르니
그 말을 들어도
내 봄이 예쁘게 남더라

나의 봄엔

나의 봄엔
끝끝내 찾아오지 못한 밝음이 있다.
울컥이듯 쏟아지는 비와는 다르게
나 자체와 공존하지 못하는 웃음이 있다.

나의 봄엔
끝끝내 쓰라림만 남은 실패가 있다.
쓸려 쓰라린 어느 곳곳의 흉터는
마지못해 응어리로 있다.

나의 봄엔
그럼에도 남은 웃음이 있다.
어딘가로 떠나고 싶을 정도로 아픈 날에도
웃음은 어디선가 나타난다.

그러니까 나의 봄엔

아프더라도 밝음을 유지할 수 있는

의문의 동력이 있다.

봄 향기

사람들 가슴속에 꽃이 핀다

각자의 봄 향기를 품는다

그러나 아직 꽃을 피우지 못한
몇몇 사람들

남들이 풍기는 싱그러운 향기에
그들의 겨울은
더 길어지고야 만다.

아아 항상 봄이었구나

봄이 우리를 떠난 것이 아니라
우리가 봄을 떠난 것이었다

6월, 이제는 여름이라고
9월, 이제는 가을이라고
12월, 이제는 겨울이라고

그저 뜨거운 봄이었을 뿐인데
그저 쓸쓸한 봄이었을 뿐인데
그저 잠시 얼어붙은 봄이었을 뿐인데.

봄

봄을 생각하면 생각나는 이가 있다
봄을 함께 보낸 이가 있다

늘 나의 봄을 지켜준 그였다
올해 봄에는 그가 없었지만 괜찮다

나의 봄은 시린 겨울을 지나 찾아온 것이다
내가 버텨낸 것이다

봄은 오로지 나를 위한 것이다

벚꽃 없는 봄

봄이라면 벚꽃이 떠오르기 마련이다. 흐드러지게 피어난 꽃잎들이 바람에 흩날리는 모습, 길가를 분홍빛으로 물들이는 풍경, 그리고 그 아래에서 웃으며 사진을 찍는 사람들. 하지만 만약 벚꽃이 없는 봄이 온다면, 우리는 그 계절을 어떻게 맞이하게 될까.

한때는 벚꽃을 보며 설렜던 기억이 있다. 꽃이 피기 시작하면 창문을 열어두고, 따스한 바람을 맞으며 계절이 변해가는 것을 온몸으로 느꼈지만 언제부터인가 벚꽃을 마주하는 일이 당연한 듯 여겨졌다. 꽃이 피고 지는 것이 자연스러운 일상처럼 느껴졌고, 그 순간을 특별하게 여기지 않게 되었다. 그러다 문득, 벚꽃이 없는 봄을 상상하게 되었다. 혹은 벚꽃이 피어도 그것을 볼 수 없는 상황을 떠올렸다. 그 순간, 사소하게 여겼던 것들이 얼마나 소중한지 깨닫게 되었다.

벚꽃이 없는 봄은 단순히 꽃 한 송이가 없는 계절이 아니라, 우리가 잊고 있던 소중한 순간들을 다시금 돌아보게 하는 시간일지도 모른다. 벚꽃이 없어도 봄은 여전히 오고, 바람은 따뜻해지고, 햇살은 부드러워진다. 중요한 것은 우리가 계절을 어떻게 받아들이느냐는 것이다. 우리가 매년 기대하던 벚꽃이 피지 않는다면, 대신 새로운 무언가를 찾아볼 수도 있지 않을까. 개나리나 진달래, 혹은 길가에 조용히 피어난 작은 들꽃들처럼 말이다.

우리의 삶도 그렇다. 당연하게 여겼던 것들이 어느 날 사라질 수도 있다. 익숙했던 것들이 더 이상 곁에 없을 수도 있다. 하지만 그렇다고 해서 봄이 오지 않는 것은 아니다. 우리는 그 빈자리를 다른 무언가로 채워나가며, 또 다른 방식으로 계절을 맞이할 수 있다. 벚꽃이 없는 봄이 아쉽다면, 그 아쉬움을 마음에 담아 더 많은 것들을 소중히 여기는 계기로 삼으면 된다. 벚꽃이 없어도 봄은 여전히 봄이며, 우리는 그 봄을 살아간다.

그날을 기다리며

지금 아무리 시린 겨울을
지내고 있다고 하더라도
우리는 반드시 얼마 안 지나서
봄이 올 것이라는 걸 알고 있다
그렇기 때문에 살아가는데 반드시
봄날이 올 것이라는 믿음처럼
원동력을 얻을 수 있기 때문에
힘들어도 버틸 수 있는 것이다

설령 그럴 가망이 보이지 않더라도
사람은 사실을 믿는 것이 아니라
믿고 싶은 것을 사실로 믿기 때문에
가혹한 현실이 기다리고 있다고 해도
희망의 끈을 놓을 수 없는 거겠지

그렇게 마지막 순간까지
그날이 오지 않는다고 해도
봄날이 존재한다는 그 의미만으로
언젠가 올지도 모르는 그날을 위해
살아갈 수 있을 테니까.

봄바람 같은 사람

향기로운 꽃들의 미소를 보며
겨울이 지나고 봄이 온 것을
다시금 느꼈습니다

봄바람 같은 사람이 되고 싶었지만
얼어붙은 마음을 가진 채로는
쉽지가 않았던 것인지
아직은 부족하지만 그래도
따듯한 한마디를 건네며
함께 머무르길 청해봅니다

내 마음을 녹인 뒤에는
언젠가 그 따스함으로
온기를 함께 나누어주면서
기운을 북돋아 줄 수 있는
그런 사람이 될 수 있기를 희망하며.

사랑의 봄

봄
생명이 싹트는 계절
그 속에서 나와 너의 사랑이
싹튼다

봄을 담은 눈
봄 노래하는 듯한 목소리

봄과 같은 너에게
겨울 같은 나는 반하니

겨울이 점점
봄으로 바뀌네

봄, 풀꽃이 피어나는 계절

시골길 걷다 보니 여러 색깔의
풀꽃들이 너무 귀여웠다.
보라색, 노란색, 하얀색
제비꽃, 유채꽃, 안개꽃
길가를 물들이는 풀꽃들이
마음속에 물들어가니
내 마음도 봄 길 같아라.

발그레 웃음진 미소로 바라보니
꽃다발의 은은함도 향기로웠다.
어여쁜 소녀에게 주어지는
풀꽃의 선물이 싱그러웠다.
꽃잎마다 크고 작은 조각들이
내 마음 꽃비 내리듯 어여쁘더라.

바람이 살랑살랑 불어오고
흔들리는 풀꽃이 반갑게 인사해 주었다.
길가에 피어있는 풀꽃들이 꽃다발이 되고
걸어가며 펼쳐진 풍경은 선물이 될 테지.
저물어가는 노을 아래 알록달록
흩날리는 꽃비도 내생에 축복이어라.

봄이 오던 날

봄이 왔는데 봄이 온 줄 모르고 있었다.

살랑살랑 불어오는 바람도
추운 겨울바람인 줄 알았다.
누구 하나 봄이 왔다고 알려주는 이
하나 없었다.
그렇게 나는 추운 겨울에서
벗어나지 못하고 있었다.

그대가 다가와 손잡아 주기 전에
나에겐 언제나 겨울뿐이었다.
그대의 손길로 인해
나에게도 봄이 왔다.

다시 봄

봄이었다. 교문 앞에는 벚나무가 활짝 피어 있었다. 너와 나는 걸음을 맞춰 천천히 그 아래를 걸었다. 따스한 햇살은 우리를 주인공으로 만들어 주었다.

벚꽃잎이 머리 위로 흩날렸다. 나는 손을 뻗어 네 머리 위에 떨어진 꽃잎을 떼어 주려 했다. 그러다 괜히 쑥스러워져서 그냥 주머니에 손을 넣었다.

이 시간이 영원했으면 좋겠다고 속으로 생각했다. 하지만 기억해야지, 다짐한 것들은 언제나 가장 빨리 희미해진다는 것을 그때는 몰랐다.

지금은 네 얼굴조차 가물가물한데, 이상하게도 그날 우리의 모습은 사진을 찍은 것처럼 아직도 선명하게 기억 속에 남아 있다.

벚꽃이 필 때면, 나는 항상 그때의 우리가 떠오른다.
그리고 다시 봄, 벚꽃이 피고 있다.

아주 보통의 봄 (Spring Peak)

F코드는 보험 적용이 안 된다. 29살이 되어서야 안 일이다. 아니, 명선이 29살이 되자마자 안 사실이었다.

그동안 어떤 안일함과 의연함이 있었기에 나 자신을 이렇게까지 내버려둔 걸까. 명선은 손안에 가득히 들려있는 약봉지를 가방에 대충 쑤셔 넣으며 생각했다. 바스락 소리가 귓가에서 거슬릴 만큼 크게 들려온다. 몇 번째 받아오는 약인지 모르겠으나 오늘만큼은 두둑한 약봉지들이 익숙하지 않았다.

봄이다. 봄이라는 이유로 낯선 것들만 가득했다. 처음 병원을 드나들 때만 해도 곧 괜찮아지겠지, 금방 단약을 하겠지 하고 시작했었는데 벌써 봄이라니. 새삼스러워 견딜 수가 없었다. 기대만큼이나 큰 실망은 권태로운 봄을 불러일으킨다. 짓이겨진 벚꽃잎도, 축축하게 내렸던 봄비도 다 작년에 보았던 것들이다.

명선은 온통 분홍빛인 사람들 사이에서 회색이 되어 멍하니 서 있었다. 올해 봄은 유독 가혹했다. 파토난 3년간의 연애, 별별 가정사, 몰아치는 일. 명선에게만 일어나는 것도 아닌데 왜 이리 무거운지 알 수가 없었다. 또 누군가를 사랑해 봄을 되찾고 온기를 되찾는 건 정말이지 못 할 짓이라는 생각이 든다.

다시 걸음을 떼기까지 참 오랜 시간이 걸린 명선이었다.

-

반차가 무의미하게도, 두고 온 물건이 있어 굳이 굳이 다시 회사로 돌아왔다. 명선은 자신의 멍청함을 온 힘 다해 원망하며 엘리베이터 버튼을 꾹꾹 누르는 중이 었다. 어디서나 다를 게 없는 엘리베이터 안내멘트가 스피커에서 산화되듯 흘러나왔다. 1층입니다. 엘리베 이터의 문이 묵직하게 열리며 수많은 사람들을 토해 냈다. 퇴근 시간인가.

한쪽 구석으로 비켜선 명선은 차가운 대리석 벽에 살

포시 머리를 기대고 그들이 다 내리기만을 기다렸다. 피곤함에 절어 게슴츠레 눈을 뜨고 고개를 떨군다. 시선 끝에 맺힌 발걸음들의 종착지를 예상하며 연이어 지네처럼 후다닥 사라지는 수백 개의 신발들을 보낸다. 그때, 익숙한 구두 하나가 눈에 들어왔다. 줄곧 바닥에 꽂혔던 시선이 올라간다. 머리 위에서 귀에 익은 목소리가 들린다. 같은 부서의 막내, 지훈이었다.

"선배님. 반차..."
"아, 나 내일 회의 자료를 두고 와서..."

명선은 연신 당황한 얼굴로 지훈의 말을 가로챘다. 대화를 더 이어 나가기엔 영 껄끄럽다. 자꾸만 허공에 맴도는 인사가 어색했다. 제발 가줄래. 명선의 바람이 무색하게도, 상대방은 침착하게 아, 하고 짧은 감탄사를 뱉어낸 뒤 제자리에 머물렀다. 무슨 할 말이라도 있나. 명선은 이곳에 들어온 이후 내내 신경 쓰였던 활짝 열린 가방을 정리하고 기어이 지퍼까지 끌어다 잠그며 그가 입을 열길 기다렸다. 약봉지가 보였을까? 이미 그 생각으로 무얼 말하든 들릴 리가 없었지만 말이다.

"식사는 하셨어요?"
"또 그 소리니."

맥이 탁 풀렸다. 별 중요한 이야기도 아니잖아. 지훈
은 늘 이런 식이었다. 그날도 그랬다. 중요한 말을 할
것처럼 분위기를 잔뜩 잡아놓고, 연인으로 만나보자
는 시답잖은 장난이나 칠 때부터 알아봤다.
타박하듯 헛웃음 짓는 명선에 아랑곳 않고 지훈은 자
꾸만 말을 걸었다. 대화를 나누는 사이 엘리베이터는
몇 번이나 오갔다. 명선은 천천히 바뀌는 엘리베이터
의 층수 안내판을 보며 처음 그를 만났을 때를 떠올
렸다. 안녕하세요라는 지극히 평범한 인사말에도 힘
이 실려있는 사람이었다. 손을 내밀고 물끄러미 바라
보는 얼굴이 묘했었다.

한참 회상에 빠져있던 명선이 정신을 차리고 초점을
맞추었다. 탁탁, 이따금 슈트의 단추에 사원증이 부딪
히는 소리 때문이었다. 지훈은 대답을 기다리며 살풋

살풋 앞뒤로 몸을 흔들고 있었다.

"...지훈아, 나 자료 가지러 가야 해서."

미안하다는 듯이 슬쩍 걸음을 물리고 엘리베이터 버튼을 대신 누르는 지훈이다. 그러더니 자연스레 명선의 옆에 섰다. 고개를 들어 엘리베이터 층수를 확인하는 지훈을 보고, 명선은 의문스러운 표정을 지었다. 그걸 눈치챈 듯 지훈이 툭 말을 던진다.

"같이 가요."

대답할 새도 없이 엘리베이터 문이 열렸고 지훈은 먼저 발을 들이고 있었다. 이렇게 되면, 함께 사무실까지 갈 수밖에 없다. 하는 수 없이 엘리베이터에 올라탄 명선이다.
승강기가 움직이는 동안 침묵이었다. 명선은 다음에 나올 말을 아는 사람처럼 입을 다물고 있었고 지훈은 할 말이 없는 사람처럼 입을 다물고 있었다. 두 사람의 침묵이 승강기의 쇳소리를 이길 만큼 커졌다.

-

자료를 가지고 나올 때까지도 지훈은 갈 생각을 하지 않았다. 둘은 또 고요한 승강기 안에 몸을 맡기고 로비까지 내려왔다. 로비의 커다란 유리창 너머로 빗줄기가 부스스 흘러내리고 있었다. 참 맥 빠지게 오는 봄비이다. 먼저 엘리베이터에서 내려 그 광경을 본 명선은 한숨을 내쉬었다. 우산을 가져오지 않은 탓이다. 그 모습을 지긋이 쳐다보고 있던 지훈이 가방 안에서 우산을 꺼냈다. 꼭 그럴 줄 알았다는 듯이.

가요, 일기예보도 안 보고 사는 사람이 어딨어요. 지훈이 앞장섰다. 장난이라기엔 건조한 말투 때문일까. 명선은 상황 파악이 되지 않아 얼빠진 채 서 있다가 뒤늦게 지훈을 따라갔다. 비는 맞기 싫었다. 저를 기다리고 있는 지훈의 우산 안으로 들어간 명선은 적당한 거리를 유지하며 걸었다.

"저 앞까지만 데려다주면 돼. 더 갈 거 없어."
"왜요."
"왜긴… 지하철역이야. 비 안 맞아. 안에서 우산 사면 돼."

지훈이 무언가를 말하려다 그만두었다. 습, 하는 숨소리가 입가에 맴돈다. 이 모든 상황에 대해, 지훈은 별수 없다고 생각했다. 지훈 자신의 고백을 봄에 들떠 쳐본 장난 정도로 넘어가려 하던 명선이기에. 다만 온갖 방법으로 제 못난 점을 찾으며 밀어내는 명선이 별나다 여겼을 뿐이다. 결국 지훈이 할 수 있는 일은 성큼 다가가는 것이었다. 차가운 겨울을 맛보고도 다시 불쑥 다가오는 봄처럼. 이 계절처럼.

무언가 큰 다짐을 한 듯 지훈은 별안간 걸음을 멈추었다. 그 덕에 함께 걷던 명선도 우뚝 걸음을 멈출 수밖에 없었다. 놀란 명선이 왜 그러냐고 한마디를 하기도 전에, 지훈이 쓰고 있던 우산을 확 내려버렸다. 부슬부슬 안개처럼 내리던 빗방울이 그대로 둘의 얼굴에 내려앉았다. 명선은 눈만 끔뻑거렸다.

"별거 아니잖아요. 쫄딱 젖을 만큼 큰비 아니에요."

봄비. 자신을 보며 작게 속삭이는 지훈때문에 할 말을 잃은 명선이 고개 숙여 쓰게 웃었다. 참 종잡을 수 없는 사람이다. 지훈과 더 멀어지는 기분이었다. 정말, 이제는 명확한 대답을 해줘야겠구나 싶은 마음에 입 안이 바싹 마르기도 했다.

우산이 저를 향해 씌워지는 게 느껴졌다. 잠시 멈칫하던 명선은 기울어진 우산을 다시 지훈이 쓸 수 있게 고쳐놓았다. 그리고 한 마디 덧붙였다.

"봄비나 비나, 다를 게 뭐야. 몸이 젖기는 매한가지야. 앞에 한 글자 더 붙었다고 특별할 거 없어."

명선에게 있어 봄은 잔류된 것들에게는 기회를 주지 않는 계절이었다. 모든 것이 새로워야 하고 모든 것이 생기가 넘쳐야 한다는 강박에 사로잡히게끔 했다. 그 러므로 가장 치명적인 계절이다. 지구에 살아 숨 쉬는 모든 생물, 아니 무생물조차도 소생하게 해줄 것만 같은 봄이라는 계절은 명선의 시간에서 생략이었다.

자신은 그저 환자일 뿐이다. 계절에 발맞추어가는 일도 힘든 환자다. 제 가방 안에 있는 항우울제를 숨기고 싶어 발악하는 환자이다. 작은 봄비에도 쫄딱 젖어버리고 마는 사람인 것이다.

명선은 고개를 돌렸고, 지훈은 아무 말 없이 다시 우산을 고쳐 썼다. 명선이 비를 맞지 않게 조정한 위치였다. 두 사람은 다시 걷기 시작했다. 얼마나 걸었을까. 습기 찬 목소리가 명선의 귀에 들려온다. 우산에 꽂히는 파찰음도 없을 만큼 얇은 빗가락을 타고 들려온다.

"뭐 때문에 대답 못 하시는지 알 거 같아요."

봤어요. 약 봉투.

명선이 흠칫했다. 오히려 대수롭지 않아 보이는 지훈이다. 뭘 그렇게까지 놀라냐는 듯 그런 그녀를 힐끔 보고 픽 웃기까지 했다. 뜸을 들인다 싶더니, 지훈이 미소를 띠고 나긋한 목소리로 제 할 말을 읊는다. 명선은 그걸 듣고 있을 뿐이다.

"이거저거 안될 이유 참 많아요. 그죠. 근데요, 봄이잖아요. 다들 미친 척 사랑도 해보고 이제부터가 진짜 시작이라고 기합도 넣어보고 하는 계절이잖아요. 타

이밍 좋게 제가 잘 이야기한 거 같은데, 우리 만나보
자고."

지훈의 목소리에는 하나의 티끌도 없었다. 맑았다. 듣
고 있던 명선은 불현듯 억울하다는 생각이 들었다. 내
가 왜 봄을 느끼지도 못하고 살아가야 하는가. 길거리
에 사람들은 아무거나 붙잡아 사랑하는 일도 마다하
지 않고 사랑을 뽐내고, 하고, 느끼는데 왜 나는 그러
지 못하는가.
나는 무엇 때문에 이 지경까지 왔는가. 매번 실패하
는 사랑, 또는 꿈꾸었던 날을 저버리고 선택한 권태?
나 스스로에게 실망했던 지난날들, 뜻대로 되지 않는
삶? 그래, 나는 사랑에 트라우마가 생긴 걸까. 한때 모
든 걸 쏟아부었던 연인에게 이별 통보를 받아서? 아,
더 이상 새로 시작할 수 없다는 족쇄에 묶여버린 걸
지도 몰랐다.

명선은 머릿속이 복잡해 앞서 걸었다. 비가 그새 그쳤
다. 우산을 곱게 접어 넣은 지훈은 말없이 명선의 뒤
를 따랐다. 비가 그쳐도, 약속한 대로 명선을 지하철

역 앞까지 데려다 줄 생각이었다. 물에 젖은 흙이 구두 바닥에 척척하게 감기는 소리가 크게 들린다. 터벅터벅, 명선의 뒤통수만 쳐다보고 걷는 길은 지루했다. 그때였다. 명선이 휙 뒤돌아 지훈을 바라보고 뭐라 소리를 친 것은.

"그래서, 약 봉투가 뭐?"
"그거 약점 아니라고요."
"...나한테 질릴까 봐 무서워. 너는 나한테 질리고 나는 변한 너한테 질리는데, 둘 다 물러터져서 헤어지자는 말도 못할까 봐."

온 세상 사람들이 다 듣겠다. 언제까지 저렇게 대화하려나. 자꾸 웃음이 나는 것을 누르고, 지훈은 성큼 명선의 앞으로 다가섰다.

"좀 질리는 게 뭐 어때서요. 마음껏 헤어지고 마음껏 만나도 되는 계절인데."
"너 봄 지나면 어쩌려고."
"까짓거 살 에일만큼 춥게 냉전도 해보고, 열 오를 만

큼 싸워도 보고, 입안 바싹거리게 말라보기도 하는 거
죠. 느껴요. 그래야 사는 거예요."

한두 뼘의 거리를 두고 선 지훈의 낯빛은 어느 때보
다 생기가 돌고 있었다. 그걸 보며 명선 또한 조금 동
하는 것을 느꼈다. 사방으로 발광하는 봄의 기운처럼,
자신도 조금은 사람 살듯 살 수 있지 않을까 하는 얄
팍한 희망이 들었다. 제가 약기운에 취한 건지, 봄기
운에 취한 건지 모르겠지만, 지훈의 말처럼 그동안 느
끼지 못했던 살아있음을 느끼고 싶어졌다. 드러내고,
요동치고 싶어졌다.
명선은 숨이 차는 느낌이 들어 고개를 숙이고 작게
가슴을 쳤다. 호흡을 크게 들이쉬고 내쉬며, 있는 힘
껏 습기 찬 봄비를 맛보았다. 지훈은 그런 명선을 기
다려주었다. 감당, 희생은 이 마음에 어울리지 않는
다고 말하고 싶어 속으로는 발을 동동 구르며 명선을
오래도록 지켜보았다. 명선이 긴 심호흡 후에 얼굴을
들어 지훈과 눈을 맞추었다. 지훈은, 저 눈이 조금 전
까지 두려움에 날 선 말을 해대던 사람의 눈이 맞는
가 싶었다. 드디어 명선이 입을 열었다.

"선생님이 봄이 올 거라고 그러더라, 근데 나는 그랬어. 너무 살고 싶어서 너무 죽고 싶어지는 계절이라고. 그래서, 안 좋아한다고."

"그러니까 뭐래요."

명선이 웃었다.

"약만 늘리더라."

명선을 따라 웃어버린 지훈이다. 적어도 일주일에 한 번씩이라도 이 사람을 이렇게 웃게 해준다면 좋을 것 같았다. 생의 욕구를 불러일으켜 주고 싶은 마음이 들었다. 이이가 가진 봄의 형태가 무엇인지 알아가고 싶었으며, 그 자체로도 완연한 봄이 될 수 있게, 자신만의 봄을 양껏 느낄 수 있게 제가 그 효시가 되고 싶었다. 이 모든 마음을 모아보면 결국 한 마디다.

"선배, 우리 지레 겁먹지 말까요."

그 말에 위로받는 기분이 들어 잠시 괴로웠다가 다시 편안해진 명선이다. 지훈이 가장 쉬운 말을 가장 쉽게

하는 사람이어서 다행이라는 생각이 들었다. 아무 의미 없이, 정말 겁먹지 말자고 그가 말했다. 명선은 한참을 고민하고, 제 가방 안에 들어있던 약봉지를 몇 번이나 만지작거리고, 아직까지 주머니에 넣고 다니는 옛 연인의 반지를 몇 번이나 만지작거린 뒤 어깨를 들었다 놓으며 답했다.

"그럴까. 봄이니까. 봄 지나면 생각하자, 뒷일은."

말이 끝나자마자 소나기가 닥치듯 또 부슬부슬 봄비가 내렸다.

이번엔 명선이 우산 대신 손을 내밀었다. 잘 부탁해. 나도, 나의 봄도.

지훈이 미소를 띠며 그 손을 잡고 달린 건 아주 순간이었다. 몇 걸음 밖에 남지 않은 목적지가 눈앞에 보인다. 손을 잡고 달려버리면 금방 닿을 것만 같았다.

아주 보통의 봄은 이렇게 되려나 보다, 이렇게 지나가려나 보다.

겨울과 여름 사이 정거장

차가웠던 겨울이 이제 다 끝나가고
진짜 봄이야
너와 딱 이 순간에 만났던 것이 기억이 나는데
이젠 그 기억을 떠올리는 것조차 힘들다는 사실에
매일 눈물로 바다를 메워

햇살 같은 네가 없으니
봄에 꽃샘추위밖에 남지 않은 느낌이야
나의 꽃봉오리는 피어날 생각이 없어 보이고
아직도 눈이 흩날려

너를 만났던 그 정거장을 지나면서
여린 꽃잎 같은 기억을 고이 간직해

봄의 소리

아침부터 새가 속삭이는
싱그러운 소리

따뜻한 계절에 안기는
포근한 소리

가로등 아래 벚꽃이 축복하는
찬란한 소리

흩어진 마음을 모으는
우리의 웃음소리

완연한 봄에 우리 사랑도

달큼한 봄의 온도
반겨주는 햇살 한 모금
포근하게 안아주는 바람

신나는 축제에 춤추는 새들
콧등으로 날아오는 봄 내음
아름드리 만개한 꽃

손가락 고리 거는 영원한 사랑의 약속들
우리가 간직해온 봄의 기억들

여보, 하나둘 잠들었던 꽃들이 깨어나요
또다시 우리의 기억이 피고 있어요
완연한 봄에 우리 사랑도 함께 피어나요.

한 때 사랑했던 당신에게

벗꽃이 즐비한 오늘날,
내 세상에도 만연한 봄이 찾아왔습니다.
시린 눈바람이 그치고 드디어 꽃바람이 불어옵니다.

당신은 봄의 색깔을 아십니까?
봄은 샛된 분홍입니다.
당신은 봄의 정취를 아십니까?
봄은 어느 날의 추억처럼 애틋하고도 따스합니다.

나는 당신의 어수룩함을 사랑했습니다.
그러나 때때로 몰려오는 서러움은 나를 괴롭게 했습니다.

나는
당신이 불러주던 사랑 노래를
당신이 피웠던 담배 냄새를
당신이 즐겨 먹던 녹차 라떼의 맛을 잊지 못했습니다.
아마 앞으로도 나는 그때의 추억을 간직하겠지요.

그렇지만 그것은 사랑이 아닙니다.
그것은 한때 나를 살게 했던 추억일 뿐입니다.
아쉽게도 그것은 미련이 아닙니다.
그것은 어린 날의 치기였음을 나는 알고 있습니다.

따라서 나는 이제 당신과의 사랑이 완전히 끝났음을
언명합니다.

노란 우산 아래, 봄

톡, 톡톡—
창문을 두드리는 가벼운 손길,
노란 우산 위로 살포시 내려앉는 빗방울.
금방 스며들 것 같던 물방울이
투명한 진주처럼 우산 끝에 매달린다.

툭—
조용히, 바닥으로 떨어진다.

봄비는 다그치지 않는다.
겨울의 흔적을 천천히 씻어내고,
땅을 어루만지듯 적시고,
새싹 하나, 조심스레 고개를 들도록 기다려준다.

나는 젖은 골목을 걷는다.
조금씩 번지는 흙 내음과 초록 내음,
비에 씻긴 공기가 투명하게 맑다.
바람에 실려 온 꽃향기가
우산을 타고 조용히 내려앉는다.

우산을 살짝 기울이면
어깨에 한 방울, 또 한 방울
봄이 내려앉는다.
차갑지 않다. 무겁지도 않다.
그저 스며든다.

잔잔한 피아노 연주처럼,
봄비는 조용히 흘러가고
나는 그 안에서 천천히,
봄이 된다.

봄바람이 불어올 때면

살랑이는 바람, 끝에 네 향기
묻어나 꽃잎처럼, 가볍게 마음을 두드리고

살짝 스치는 순간에도
내 안에 작은 파도가 일어나
봄 햇살처럼 따스한 네 미소에
설렘은 자꾸만 번져가고

네가 지나간 자리마다
새싹처럼 자라는 그리움
봄바람은 너를 닮아서
언제나 새롭게 내 마음을 흔들어

네가 남긴 그 작은 흔적들이
세상을 환하게 비추는 별빛처럼
내 가슴 속에 빛을 더하고
가끔은 그리움에 눈을 감아도
너는 언제나 내 안에 살아,
불어오는 바람 속에서.

봄비

하늘도 봄이 오는 게 싫은 건지 유난히도 그리움이
추적추적 내려오네
대지도 봄이 흡수되는 게 싫은 건지 웅덩이를 깊게
파여 그리움을 잔뜩 담네

오랜만에 홀로 맞는 봄비에 정의할 수 없는 감정들이
휘몰아치네

너와 함께 맞았던 사계절 중 가장 따뜻했던 봄이라서
봄비가 따사로운 햇살 같았는데
네가 없는 내 봄은 그저 겨울에 있는 시리고 날 선 얼
음조각이 우수수 떨어지는 것뿐이야.

고사리 같은 손으로 떨어지는 빗방울들을 막아주던 너의 모습이 아직도 내 옆에 있는 것처럼 아른거리는데 정작 내 옆엔 그저 바람의 흐름만이 지나갈 뿐, 날 지켜주는 사람은 단 한 명도 없어서 오들오들 떨 뿐이야

그리움의 물방울들에 우산도 까먹은 채, 축축한 그리움을 잔뜩 머금은 채로 집을 향해 터덜터덜 걸어올 때 너라는 존재가 더 이상 내 곁에 없는 게 너무나도 절실하게 느껴져 몸을 바들바들 떨 뿐이야
눈물을 흘리며 널 원망하고 괴로워하는 쳇바퀴에 갇혀버린 것뿐이야것 뿐야

티 나지 않게 빗방울이라는 변명으로 눈물이라는 병명을 가려보네
떨어지는 눈물을 빗방울로 착각하게, 내 마음에서 우러나와 흘러내리는 물들을 하늘에서 내려오는 비로 오해하게 눈물을 빗방울에 덮여 흘려보내네

봄비는 모든 것 다시 시작하게 해준다고 해
쌓여있던 뽀얀 먼지들을 훌훌 털어내고 다시 일어나

게 도와준다고 해
그런데 왜 넌 나한테서 훌훌 털어지지 않는 걸까
넌 왜 봄비를 우수수 맞았는데도 불구하고 나에게서
잊히지잊혀지지 않는 걸까

서로서로 서로가 서로를 잊기 싫어하고 서로가 서로
에게 잊히길잊혀지길 싫어해
반복되는 봄비처럼 그리워하고 원망하고 기억하고
추억해
어느샌가 다시 오는 봄비처럼 서로를 다시 한번 그려
나가고 지워

반복되는 봄비처럼
기억되는 봄비처럼
사라지는 봄비처럼

우린 영원한 봄비에 갇혀있는 거야

그리움에 적셔진 봄

겨울에서 녹지 못한 눈송이들이 터벅터벅 쓸려가는
소리만이 자리 잡는 봄
아리따운 벚꽃잎들에게 마저도 사랑스러운 인사를
받지 못하는 봄
따사로운 햇살들에 잠이 깨는 것이 아닌 어두운 햇빛
에 잠이 드는 봄

봄이 이토록 쓸쓸함의 파동이 강한 계절이었나요
봄이 이토록 외로움의 향기가 짙은 계절이었나요
제 기억의 봄과 현실의 봄은 다른 계절인가 보네요

생각해 보니 당신이 제 옆에 없어서 그런가 보네요
항상 당신과 함께 보낸 계절인 봄이었기에, 유독 저에
게 그랬나 보네요

그대가 제 삶에 얼마나 녹아내려 붙어있었으면 이런
계절이 따뜻하다고 느낀 걸까요

아아, 그리워요
아아, 보고 싶어요

그대를 보고 싶은 마음으로 이 계절을 버텨나가고 있
어요
그대를 찾으려면 저는 이 계절들을 버텨야만 하는 거
겠죠
이 고충들을 전부 다 꺾어버리면 저는 다시 따스함을
느낄 수 있는 거겠죠

그대는 아직 그 계절에 머물러 있으니, 그 계절에 도
착하면 그대를 볼 수 있으니
그대와 다시 만나기 위해 이 역경들을 이겨야 한다면
기꺼이 제 몸을 바쳐서라도 이겨낼게요

그러니 그 계절에서 조금만 더 기다려주세요
쓸쓸함이 지나가고

그리움이 지나가고
외로움이 지나가면

그대를 평생 만날 수 있을 테니까

봄

봄이다
어쩌면 시간은 이렇게 잘 가는지
봄은 너무 금방 가버리는 것 같다
벚꽃이 금방 지는 것처럼

벚꽃을 오랫동안 보고 싶다
오랜 시간을 함께 할 당신처럼

봄의 생동

만물의 노래
얼음 깨고 일어나는 대지의 숨결
잠자던 생명들이 깨어나는 순간
푸른 새싹들이 흙을 뚫고 솟아오르고
겨울의 침묵을 깨트리는 생명의 찬가
나무들은 손가락 같은 가지를 펴고
숨겨두었던 꽃봉오리를 천천히 열어
메아리치는 새들의 지저귐
생명의 리듬이 사방에서 울려 퍼지네
작은 개울물은 춤추듯 흐르고
이끼 낀 돌에서 푸른 이끼가 트고
나비는 첫 비행을 시작하고
개구리는 연못가에서 노래를 부르네
대지의 가슴에서 솟구치는 생명의 맥박

겨울의 잿빛 담요를 벗어 던진 세상
모든 것이 깨어나고 움트는 이 순간
희망과 에너지로 가득한 봄의 서사
꽃가루 날리고 새순 트는 이 거대한 축제
생명의 신비로운 서사시
작은 씨앗부터 거대한 나무까지
모든 존재가 노래하는 봄의 대합창

봄은 새로움을 주는 시간

매번 맞이하는 봄이지만 올해 나에게 오는 이 계절은 좀 더 나를 설레게 한다.

새벽녘, 첫 봄날의 은은한 빛이 세상을 적시기 시작할 때 우리는 다시 한번 시작의 설렘을 만난다. 벚꽃은 우리에게 언제나 그렇듯 새로운 시작을 속삭인다. 겨울의 긴 침묵 끝에 터져 나오는 생명의 서사시, 그 시작점에 우리는 지금 서 있다. 새 학기가 되면 새로운 노트와 가방을 준비하고 강의실에 가서 수업을 준비하면서 올해는 무슨 과목을 배울지에 대해서 기대를 가지고 있는 듯하다. 40대 중반이 된 지금도 다시금 학창 시절로 돌아가고 싶다. 캠퍼스의 낭만과 설렘을 만끽하고 싶다. 학창 시절의 동창들은 지금쯤 무얼 하고 있을까 하는 생각도 가지게 된다.

대학로의 벚꽃길은 마치 새로운 여정을 위한 축복의

카펫 같다. 신입생들의 발걸음에는 두려움과 기대가 교차한다. 첫 강의실의 문을 열며 그들은 자신의 미래를 처음으로 직접 디자인하기 시작한다. 낯선 전공 수업, 새로운 친구들, 아직 만나보지 못한 지식의 세계- 모든 것이 가능성으로 가득 차 있다.

학문의 문턱에 선 이들의 눈빛은 반짝인다. 어느 한 학생의 노트에 떨어진 벚꽃잎은 마치 영감의 신호처럼 느껴진다. 그들의 꿈은 아직 자라나는 나무의 어린 새싹처럼 연약하지만, 끝없는 잠재력을 품고 있다. 이 곳은 단순한 교육의 공간을 넘어, 인생의 새로운 장을 열어가는 꿈의 공장이다.

프로야구 개막전의 스타디움은 새로운 시즌에 대한 기대감으로 들썩인다. 겨울 동안 갈고닦은 기량, 새롭게 영입된 선수들, 팀의 새로운 전략 - 모든 것이 희망으로 가득하다. 그라운드 위로 흩날리는 벚꽃잎들은 마치 선수들의 꿈에 축복을 내리는 듯하다. 작년의 순위를 뒤로한 채 매년 새 시즌에 대한 기대와 열망을 간직한 채 올해도 속으면서 관람을 하는 듯 하다. 한화의 팬으로서 매년 기대주이자 5강권이라고는 하지만 가을에는 내년에는 다르겠지 하면서 본 게 매번이다. 시범경기이지만 벌써 팬들의 뜨거움 함성과 열정이 느껴진다.

경기장을 메운 팬들의 함성은 새로운 시작에 대한 열정을 대변한다. 작년의 패배를 잊고, 올해의 우승을 꿈꾸는 선수들의 눈빛에는 불꽃 같은 투지가 깃들어 있다. 벚꽃잎이 그라운드를 수놓듯, 그들의 땀과 열정도 이 계절을 아름답게 채색할 것이다.

회사의 회의실에서는 새로운 분기를 맞이하는 전략 회의가 진행된다. 지난 분기의 성과와 실패를 냉철하게 분석하고, 앞으로의 목표를 세우는 순간이다. 창가로 흩날리는 벚꽃잎은 마치 변화와 혁신을 상징하듯 부드럽게 춤을 춘다.

젊은 직원들의 창의적인 아이디어, 베테랑 직원들의 풍부한 경험이 만나 새로운 비전을 그려낸다. 기업의 성장은 마치 벚나무가 봄을 맞이하듯 끊임없는 갱신과 성장의 과정이다. 작은 아이디어 하나가 회사의 미래를 바꿀 수 있다는 희망, 그 가능성이 회의실을 가득 메운다.

생명의 순환, 새로운 시작

봄은 언제나 희망의 계절이다. 자연의 큰 순환 속에서

우리는 끊임없이 새로운 시작을 마주한다. 겨울의 차가운 기억은 봄바람에 씻겨 내려가고, 생명의 에너지는 만물을 깨운다. 벚꽃잎 하나하나가 우리에게 속삭인다 언제나 다시 시작할 수 있다고, 희망은 멈추지 않는다고.

인생의 여정에서 우리는 수많은 봄을 만난다. 때로는 두렵고, 때로는 설레는 새로운 시작. 벚꽃잎처럼 부드럽고 아름답게, 때로는 강인하게 우리는 앞으로 나아간다. 이 봄날, 우리는 다시 한번 새로운 시작을 축복받고 있다.

작은 꽃잎 하나가 내리듯, 우리의 꿈과 희망도 그렇게 세상을 아름답게 수놓을 것이다.

얼마 안 있으며 여의도 벚꽃축제는 사람들로 인산인해를 이루게 될 거다. 사람들은 매번 맞이하는 새 학기이고 프로야구 시즌 회사에서의 새로운 분기 벚꽃축제이지만 그 속에서 무언가 새로운 걸 만나고 즐기고 싶어 한다. 그런 내가 되었으면 하는 바램을 가지고 있다.

나의 인생의 끝에 맞이하게 될 긴 봄에는

4월 초였다. 봄꽃들이 만개하던 아름다운 봄은.

어릴 적, 5년 정도를 살았던 작은 마을의 겨울엔 가시로 얽힌 탱자나무 가지들이 팽팽한 바람을 막지 못하고 깡마른 채 멈추어 있었다. 땅속 깊은 곳으로부터 움이 트며 두터움을 끌어올려 무거운 계절을 밀어내는 즈음, 이미 느슨한 공기들 틈으로 색채는 번지고 있었다. 보이는 초록 없는, 누렇게 마른 잔잎만 깔린 논과 밭이어도 알 수 있었다. 봄이 이미 왔다는 것을. 자각하는 순간, 마치 새벽의 동이 트듯 서서히 연둣빛이 드는가 하면 어느새 만발한 꽃들이 천지를 뒤덮고 있었던 찬란했던 다섯 해의 봄. 연분홍 진달래가 산에서, 노란 개나리가 한쪽 길옆에서 한껏 칭얼거리며 간지럽히던, 한 편의 수채화 연작과 같았던 시간 속에서 나는 봄 향기가 물씬한 그림들을 그리고 있었나 보다.

도시에서의 생활이 '세월'이라고 할 만큼의 시간이
흘렀다.

2025년. 한 세기의 4분의 1이 지났으니 세기가 바뀌
었다는 말이 도리어 생경하다. 봄맞이를 시작하는 3
월, 그리고 만발한 벚꽃 가로수들을 놀이터 삼았던 아
지랑이처럼 피어오르는 4월이 코앞이다.

문득, 뒤를 돌아, 남겨진 발자국을 세어보듯 '지나간
봄'들을 돌아보았다.

어린아이의 눈엔 마치 온 세상의 꽃들이 나의 세상
인 듯했던, 채색 가득한 봄의 모습이 지나자, 한 해 한
해, 봄을 맞았고 지나쳐 왔음에도 뭉텅뭉텅 지나간 시
간들 속엔 천연의 짙은 농도와, 다정스러운 물기가 잘
만져지지 않는 것에 짐짓 놀란다. 어린 시절의 잔향
이 유난히 눈앞을 가려서였을까. 꼭 매일 아침 출근
전 말쑥한 얼굴에 바르는 매트한 화장품처럼, 어른이
되어가는 시간 속에서의 봄들은 전과 같지 않다. 매년
봄이 어땠는지를 자문해 보니, 어린 시절만큼의 굵직
한 붓으로 그려내어지지 않는다.

천진한 아이 때의 시간이 어떻게 커가면서 늘 같을 수 있었을까.

하지만 어느덧 그랬다. 늘 봄이 오면 새롭게 시작하는 기분에, 꽃들에 설레었던 시간이 있긴 했지만, 어김없이 짧은 순간으로 사라지며 여름으로 계절의 바통을 넘겨야 했기에 아쉬워하면서도 사라지는 봄을 향유하면서도 이 봄기운을 내 삶의 에너지로 바꿔내려는 듯, 가지와 잎을 뻗는 나무들처럼 열을 올렸고, 발버둥 치듯 했던 여름이 지나면 가을과 겨울을 거쳐 다시 맞이하게 되었던 봄이 있었다.

두터워진 삶의 페이지가 된 책장을 한 장씩 넘기다 보니 그리웠던 몇몇 봄날의 해사한 웃음이 꽃잎이 되어 날아오른다. 잠시 책을 덮고 길을 걸어볼까.

어른이 되어가며 겪는 당연한 시간의 무게를 안은 채, 성큼성큼 앞서가 버리는 계절들의 경주가 간혹 불시착하여 머무른 기억을 남기며 살아가고 있구나, 싶다. 아직 채 가시지 않은 매서운 바람을 가르며 한 걸음씩 옮기다 다다랐다.

'아! 인생의 끝은 겨울이 아니었던가'

문득 드는 생각이 왠지 모르게 반가워진다.

꿈을 안고 자라나는 유소년 시절을 봄으로, 청장년의 왕성한 활동의 시기를 여름으로, 사색과 고뇌의 중년을 가을로, 저물어가는 노년의 때를 겨울로 여기는 '인생의 계절'을 해체해 보고 싶은 장난기가 발동한다. '그렇지' 하며 묶여 있는 끈을 풀어 찬찬히 살펴본다.

이 땅에 태어난 한 사람이 기나긴 하나의 세월을 지나 겨울이 되어가는 즈음, 또는 그 겨울마저 캄캄한 어둠을 향해가고 있을 때, 희로애락과 깨달음을 거친 인간의 낭만이 깃든 믿음은 아마도 '다음 생'이었을지도 모른다. 불교의 깊은 신앙과 철학에 대해서는 차치하고서라도, 이렇게 잠시 힐끔 건너다보았을 때 '한 번 더 살아본다면', '다시 살아보고 싶은' 인생의 또 다른 해. 그 계절에서는 다른 모습으로 태어나, 보다 나은 삶을 살고 보다 좋은 사람이 되기를 바라는 간절한 소망을 갖고 말이다. 덧칠이 아니라 새로 펼쳐진 도화지에 기나긴 삶의 여정을 새롭게 채색하고 싶은 심정과 같은 것 말이다. 그와 같은 믿음과 낭만이 굴곡진 생에 불빛이 되었다면 그것 또한 현재를 넘어서는 힘이 되는 것이었을 것이다. 적어도 과거의 회한들을 베어내고 희망을 가진 먼 미래를 꿈꾸었을 것이므로.

그런데 우리 인생이 어디, 고분고분히 계절을 밟아 가던가. 어쩌 봄이 와도 봄이 아닌 때가 있었고, 남들에겐 쨍한 여름인 듯 보이는데도 나는 시리게 살아야 하는 때가 있었고, 분명 추운 겨울인데도 한여름의 유쾌함과 열정이 솟구치던 때가 있었다.

그랬다.

우리에겐 각자가 맞이하고 있는 '경험의 계절'이 있는 것이었다.

마치 영점이 다른 지점에서 시작되어 자유자재의 사인 곡선을 닮은 듯한 경험의 사이클들이 이리저리 연결되어 인생 곡선을 만들고 있었다. 이 '경험의 계절'로 생을 보니 사람은 누구나 수차례 계절을 지나는 것 같다.

어쩌면 몇 달, 어쩌면 며칠, 어쩌면 날마다.

산다면 겪을 수밖에 없는 오르고 내리는 인생의 경험을 따라 사람에게는 봄, 여름, 가을과 겨울이 시간이 정해지고 대부분이 겪는 사계절은 비슷하다.

짧은 봄, 긴 여름, 그리고 또 하필이면 긴 겨울이라는 점에서.

"삶은 본질적으로 비극"이라 했던 쇼펜하우어의 명문장을 피해 갈 수 있는 사람이 몇이나 될까? 이 명언을 삶으로 풀어 "그래서 우리가 사는 목적은 가끔 보는 즐거움이나 행복이나, 그런 것만 보면서 빛을 보면서 산다"하여 많은 사람들의 공감을 불러일으켰던 교수님의 강의 속 한 구절 또한 우리가 날마다 겪는 삶을 대변하는 듯하다.

그래도, 길고 짧은 경험들 속에서도 봄은 이렇게 짧아야 하나. 매년 보내었던 봄들만큼이나 서운하고 아쉽다. 하지만 경험의 계절들이 주는 '다름'과 '깊이'를 상기해 본다. 찾아가고 알아가며 지어져 가는 긴 곡선의 그래프를 그렇구나. 이 '경험의 계절'이야말로 선물이라는 걸 깨닫는다. 긴 여름으로 자라나고, 달게 수확하며, 다시 맞닥뜨린 긴 겨울을 버텨낸 후 잠시 맞는 봄 일 찌라도, 봄, 여름, 가을, 그리고 겨울이 고스란히 그 내면과 심정에 박힐 것이므로.

바흐 연주로 손꼽히는 글렌 굴드의 두 번의 <골드 베르크 변주곡>인 1951년의 음반과 1981년의 음반이 완전히 다르듯이, 세월을 지내며 사계절을 마음으로 품

어낸 삶의 터치로 두드리는 건반이 완성하는 음악은
- 어린아이의 봄과 어른의 봄이 다르듯 – 달라질 수밖
에 없는 것이다. 굴드의 흥얼거림 또한 음악과 연주의
일부가 되어 혼연일체인 명반이 되듯, 경험하고 겪어
낸 인간의 내면에서 비롯된 이야기는 시선과 생각의
깊은 우물로부터 길어 올려지는 특별한 울림일 수 있
을 것이다.

그렇기에 내게 주어지는 빛들이 잠시 동안만 꽃들을
피워내고 떠나가 버리는 봄을 닮아, 짧은 순간만 나의
손에 주어지는 것에 불과하다면, 내가 그 빛들을 포착
해 명작을 남기는 인상주의 화가가 되어보는 건 어떨
까? 하며 빙그레 웃어본다. 어린 시절이 내게 수채화
연작과 같았었지. 모네의 <수련>이 빛에 의해 탄생된
연작이듯이, 내 삶의 빛들을 모아 인생 연작을 만든다
면 나의 먼 시간을 지난 어느 즈음엔 지베르니의 정
원을 가득 채운 꽃들과 같이 푸릇하고 향긋한 봄으로
가득한 계절이 될지도. 그땐, 내 가슴에 채워진 사계
절을 향유하며 마침내 당도한 봄의 언덕을 마음껏 길
게 피워낼 수 있겠다. 나만이 들려줄 수 있는 연주와
함께 말이다.

봄이 되면

봄이 되면 괜히 더 설레는 마음이 커진다.
너와 함께 봄바람을 맞이하며 걷는 시간이 길어지고,
신나게 흩날리는 벚꽃과 함께 활짝 웃는 너의 모습을
사진으로 담는다.

봄이 되면 괜히 고민되는 시간이 길어진다.
너와 함께 보내게 될 시간을 어떻게 채울지 생각이
많아지고,
웃으며 사랑하게 될 따스한 봄과 같은 너를 더욱 기
다리게 된다.

봄이 되면 괜히 네가 더 보고 싶다.
사소한 핑계라도 꼬집어서 너와 함께 더 다양한 순간
을 함께하고 싶다.

떨어지는 벚꽃잎만큼 너를 향한 욕심들도 많아진다.

봄이 되면 괜히 노을이 핑크빛처럼 보인다.
벚꽃에 비친 노을빛이 왜인지 더 부드러워 보이는 이
유는
지금, 이 순간 서로를 바라보는 마음이 봄보다 포근해
서일까.

봄이 되면 벚꽃이 피기 전부터 이렇게 너를 향한 설
레발이 커지나 보다.

자연스러운 봄의 시간 속

봄은 시간에 맞추어, 이렇게 따스하고 아름다운데,
나는 왜 시간에 쫓겨 서둘러 온기를 데우려는 걸까.

나는 아직 세상과 맞지 않은 온도를 가진 사람인 걸까.
체온을 유지하기에도 벅찬 이 세상 속에서 나는 어떠
한 색을 띄워야 할까.

저 벚꽃은 새하얀 분홍빛만으로도 사람들에게 많은
감정과 생각을 전달해 주는데
어째서 나는 많은 감정과 생각을 흡수하기 바쁜 걸까.

자연스러운 봄의 시간 속 나는 왜 자유롭지 못하고
제자리에서 맴돌고 있을까.
이 시간과 바람의 흐름에 따라 나는 자연스러운 사람
이 되고 싶다.

그렇게 세상 속의 한 존재로서, 당연하듯 익숙한, 한 공간을 이 순간과 함께 나누고 싶다.

다시 봄

내내 기다리던 인기척에
한달음에 달려가 본다

내가 알던 색의 개수를 잃은 것일까
눈동자에 맺힌 너의 색이 탁해진 것일까

오늘 다시 본 너는
더 이상 푸르지만은 않다
더 이상 따사롭지만은 않다

그래도 여전히 너를 본다
너를 기다리던 이에게 환영의 꽃을 내밀어 주는
별안간 사랑의 공간을 허락하는
너를 다시 본다

해빙의 시간

달큰하고 부드러운 공기를 만나니
잔뜩 웅크렸던 어깨가
서서히 피어난다

얼어붙었던 마음의 그늘에
햇살이 스며들어
동면하던 소망이 눈을 뜬다

겨울을 견디던 인내의 자국이
어느새 보드라운 새살로 차올라
봄의 길을 안내한다

다시, 봄

찰나에 느껴지는 따뜻한 시작의 계절.

겨울과 여름 그 사이에 살포시 우리를 흔들고 가는 그런 계절.

이 계절을 제대로 느끼려면 정신을 바짝 차리고 있어야 한다. 안 그러면 금방 도망가 버리니까. 봄은 따스하고 어여쁜 계절이지만 짧고 덧없는 계절이라 이 순간을 소중하고 빠르게 간직해야 한다.

그동안 하던 일을 뒤로하고 새로운 것에 대한 도전을 시작했다. 이번 봄을 맞이하기까지 누구보다 추운 겨울을 보냈다. 봄을 어떻게 맞이할 것인가에 대한 고민은 겨울의 초입부터 한겨울까지 지속했고 그 찬 공기는 꽤 치명적이었다. 때로는 차디찬 온도에 머리가 시리기도, 매서운 겨울바람에 저절로 눈물이 나기도 했지만 버티고 버텨 지금의 봄을 맞이했다. 인생의 방향에 있어 여러 선택지를 두고 어느 쪽을 바라볼 것이냐에 대한 고민은 차디찬 겨울바람과 같았다. 어느 쪽으로 기울어도 겨울바람은 피할 수 없기에 나에겐 유난히 추운 겨울이었다. 그렇게 깊었던 겨울을 보내고 맞이한 봄은 생각보다 더 싱그럽고 달콤했다. 겨울바람 속에서 따스한 봄바람으로 몸을 옮기는 순간, 나의 굳어있던 몸은 언제 그랬냐는 듯 따스하게 살랑이고 있었다.

겨울의 끝엔 언제든 봄이 찾아오고 매년 돌아오는 봄이지만 누가 맞이하냐에 따라 그 봄의 의미는 달라진다. 누군가는 새로운 것을 시작할 수도, 하던 것을 더욱 확장할 수도, 마무리할 수도, 심지어는 봄은 느끼지 못하고 지나칠 수도 있다. 나 역시 언젠가 봄을 온전히 즐기지 못하고 보낸 적이 있다. 아무런 준비 없이 봄을 맞이했다가 또다시 나른하게 보내버리는 후회를 하지 않기 위해, 이번 봄은 정신을 바짝 차려야 한다.

봄을 오래 즐기려면 봄을 잘 알아야 한다. 온전하게 봄을 즐길 준비를 하고 움직여야 한다. 물론 아직은 떠나기 아쉬워 봄을 방해하는 겨울바람이 있고 마음이 급해 틈나면 유혹하는 여름 햇볕도 있겠지만, 그럼에도 불구하고 우리는 봄을 잘 즐겨야 한다. 그렇게 온전히 봄을 잘 보내고 나면 우리는 자연스레 따사로운 햇살을 맞이하게 될 것이다.

또다시, 봄이 왔다.

봄의 온기

너와 나의 한파와 같았던 시간은
따스한 봄기운에 녹아져 내렸다.
매서웠던 날이 언제였는지 모를 만큼
조금씩 우리에게 다가왔다.
따스한 봄을 너와 나 같이 느껴보고 싶다.
우리 다시 사랑해 보지 않을래

봄이 내게로 와주면 좋겠어요

봄이 내게로 와주면 좋겠어요
겨울 내내 얼어 있던 마음에도
햇살이 내려앉을 수 있도록

살며시 불어오는 바람에
지난날의 아픔이 흩어지고
꽃잎이 내 안에도 피어났으면 좋겠어요

그렇게 따스한 계절이 오면
나는 다시 한 걸음 내디딜 수 있을까요
망설임 없이 망가지지 않고 말이에요

봄이 내게로 와주면 좋겠어요
아니, 내가 봄을 향해 걸어가도 될까요?

봄이 오면 만나줘요

겨울이 길었어요
찬 바람이 불 때마다
당신의 온기를 떠올렸고
눈이 내릴 때마다
함께 걷던 길을 생각했어요

어느 순간부터
당신을 그리워하는 것이
하루의 일부가 되어버렸어요

하지만 봄이 오면
다시 만날 수 있을까요?

얼어붙은 시간 속에서도

우리가 잊지 않은 것들이 있다면
겨울을 견뎌낸 마음들이 있다면
그때는 다시 웃으며 마주할 수 있을까요?

꽃이 피고 바람이 따뜻해지면
나는 같은 자리에서 기다릴게요
그러니 봄이 오면 꼭 만나줘요

얼어붙었던 것이 녹기까지

눈이 쌓였던 게
엊그제였는데

아무도 보지 못한 사이
어느새 새싹이 자라났다

며칠 전까지만 해도
마음도,
날씨도
모든 것이
서늘하게 느껴져

미처 알지 못했다
나의 계절도 조금씩

바뀌고 있었던 것을

이제는
주변 사람들에게
마음을 건넬 만큼
조금은 여유로워졌다

바깥 날씨에도
내 마음속에도
봄이 찾아왔나 보다

봄 인사

이제야 왔는가
봄소식 알리는
처마 밑 개나리
창문 밑 진달래

지난봄 아쉬워는 지
금세 피워놓고는

오후부터 연신
소리 없는 하품만
커튼에 분다.

내가 직접 너희를
피울 수는 없지만

모습 바라볼 때면
덩달아 내 마음 한가득
봄으로 나빌레라.

그러니 오늘만큼은
앞서거니 뒤서거니 말고
가만히 시간을 느껴본다.

밤과 별과 그리고 나

별을 사랑할 줄 안다면
어두운 밤을 무서워하지 않을 테죠

별이 없다면 밤이 아닙니다.

내 삶에도 원하지 않는
어두운 밤은 있습니다.

그렇다고
무서워하거나 피하지 않습니다.

그 속에서도 희미하게 빛나고 있을
나만의 기억과
발자국 몇 개가 있을 테니까요

내가 별을 사랑하듯
삶을 사랑하는 만큼

그런 나를 위해
더욱 깊어질 겁니다.

이제는
나만의 찬란한 봄을 맞이하라며.

봄 같은 사랑

봄 같은 사랑을 하는 사람이 되고 싶다

당신이 언제나
내 곁에서 따스함을 느낄 수 있게

당신이 언제나
내 곁에서 사랑이란 꽃을 피울 수 있게

꽃이 되어

내가 봄처럼 따스한 사람이 된다면

그댄 꽃이 되어 내게 피어주세요

따스한 봄에는

내가 좋아하는 당신이

나를 좋아하는 기적이

나를 좋아하는 마음이

꽃처럼 피어나길

행복을 기다리며

추운 겨울도 기다림 끝에
따뜻한 봄이 오듯이

힘들 하루도 기다림 끝에
따뜻한 행복이 찾아올 거에요

우리 조금만 기다려봐요

봄, 꽃 그리고 너

너는
더 빛나고...

날이 너무 좋았어요
같이 있는 사람은 더 좋았죠

아름다운 빛
얇고 투명한 꽃잎 사이로 빛나는 태양에
하늘은 눈이 부시고

햇빛 받은 꽃잎은
밝게 반짝이며
푸른 하늘에 고요히 쉬어요

눈이 부신
하늘빛에
한쪽 손으로 반만 가려

환한 미소의 빛나는 너를
더~ 눈이 부시게
아름다운 너를 바라봐요

짝사랑하는 연애

따뜻한 봄에 내 짝사랑 상대인 당신에게
좋아한다는 내 마음을 고백했습니다
당신에게 솔직한 내 마음을 고백하고
당신에게 내 모든 걸 쏟아부었습니다.

향기로운 봄날 내 고백을 받아준 당신에게
사랑한다는 내 마음을 고백했습니다
당신에게 솔직한 내 사랑을 고백하고
당신은 내게 사랑을 보답해 주었습니다.

벚꽃이 피어날 때 내 애인이 되어준 당신에게
고맙다는 내 마음을 고백했습니다.
당신에게 하염없이 내 마음을 표현하고
당신은 내게 조금의 보답을 해주었습니다.

꽃샘추위인 봄에 내 애인이 되어버린 당신에게
힘들다는 내 이야기를 고백했습니다.
당신에게 사랑을 표현하던 나는
더 이상 사랑을 표하지 못할 것 같습니다.

이제는 서로의 이야기가 아닌
저 혼자만의 이야기가 되어버린 기분입니다
아름답게 피었던 벚꽃은
꽃샘추위를 견디지 못하고 사라져 버린 것이겠지요?

벚꽃 아래 봄을 쓰다

봄날의 그리움

그리움이 아픔이 되지 않길 바라고
무엇엔가 후회함
누구에겐가 아쉬움으로만 머물지 않기를 바란다

후회도 되고
아픔도 있지만

오늘
그리고
지금

조금 더
단단하고
온유하고

여유 있게

내게 주어진 오늘을 살고
내 곁에 있는 사람들을 사랑하는 힘이 되기를 바란다

부르고픈 이름들
만지고픈 얼굴들
하늘에 봄의 그리움을 그려본다

그대는 봄

어둡기만 했던 내 방에
밝은 빛이 문을 두드립니다

냉골같이 차가운 내 맘에
따뜻한 온기가 스며듭니다

그늘진 내 얼굴에
환한 웃음이 번집니다

내 인생에 봄이 찾아왔습니다

그대 때문입니다
그러니
그대가 내겐 봄입니다

봄은 꼭 옵니다

인생 북풍한설 몰아쳐도
두 어깨 움츠리지 말아요

당신 인생에도 봄은 꼭 옵니다

손발 묶인 죄인처럼
인생길 뜻대로 되지 않아도
밝은 생각으로 자신을 지켜요

당신의 생각이 봄이 되면
모든 문제가 답이 되고 길이 된답니다

선택의 기로에 섰을 때 불의와 타협치 말고
선의 길, 의의 길, 옳은 길, 뜻 길을 가세요

그 길 힘들어도 신이 함께하는 길이니
인생 봄길이 열리는 축복의 길이에요

당신의 인생에도 봄은 꼭 옵니다

봄으로 끝나는

겨울이 지쳤나 봄
감기는 눈을 녹이려나 봄

길어진 해가 반가운가 봄
한 모금 새벽 공기가 성급한가 봄

사람들은 벌써 더운가 봄
군시러운 볕에 카디건을 꺼내나 봄

봄이 내리나 봄
다시 기회가 맺히나 봄

봄이 올까

언젠가 우리도 안심하고 살까
내가
하지 않은 잘못에 불안에 떨고
내 자유가
탄압의 사유가 되지 않을까 걱정하며
내가
누군가에게 사람으로 보이지 않을까 두려워하는

진실이 침몰할까 두려운
그런 날이 아닌 날이 올까

그날의 우리는
따듯할 수 있을까

우리에게도 봄이 올까

봄

봄이다
라디오에서는 벚꽃엔딩이 흘러나오고
놀이터에서는 아이들이 소리치며 놀고
방으로 들어오는 햇살은 따스히 나를 감싼다

시리도록 파란 하늘은 노란빛으로 물들고
사람들의 옷차림도 한결 가벼워졌다
곧 피어날 꽃봉오리들은 또 얼마나 예쁘게 필까
우리 마음속 화분에도 예쁜 꽃들이 필까

좋은 토양을 쌓고 비료도 주며 씨앗이 잘 자랄 수 있는
그런 화분이 누구에게 있을까
너에게 있다
너는 봄이다

봄밤

코끝이 시린 바람이 어느새
발끝만 시린 바람으로 변하고
또 집에 들어오면 금세 따뜻해지는
이 봄밤을 사랑하기에
봄의 낮도 사랑할 수 있으며
봄비도 사랑할 수 있다

그렇다고 겨울이 싫은 것도 아니다
눈 내린 겨울밤의 포근함과
어딘가 따스한 봄밤과
풀벌레들이 우는 여름밤과
단풍잎이 바람에 날리는 가을밤을
기다리며 매일 밤을 사랑할 수 있다

포레스트 웨일 공동 작가

벚꽃 아래 봄을 쓰다

초판 1쇄 발행 2025년 04월 07일
초판 1쇄 인쇄 2025년 04월 07일

지은이   이겸 | 김채림(수풀) | 김선호 | 임만옥 | 명량소녀 | 꿈꾸는 쟁이
언덕_위,우리 | 류광현(광현) | 강대진 | 지란지교 | lilylove
이라현(케이죠띠) | 신희연 | 경이(kyoungee) | 강민지 | 김예빈
아루하 | 글그림 | 신선우 | 숨이톡 | 임영균 | 조현민 | 유자차
박유선 | 하라 | 이세(김병후) | 허단우 | 이지아 | 이상현 | 0526
신지은 | 온채원 | 신윤호 | 이혜림 | 민들레 | 안세진 | 주변인
솔트(saltloop) | 일랑일랑 | 황서현 | 카린 | 김감귤 | 최이서
사랑의 빛 | 사랑별 | 박주은 | 정현우 | 새벽(Dawn) | 유진
김종이 | 정원이 | 동형 | 박하향 | 원종빈 | 아낌 | 휴원 | 김지안
반오늘 | 윤현정 | 별겯듯 | 김혜연 | 뚜작 | 백현기 | 문병열 |
연하늘 | 손아정 | 다은

표지 그림   다망 @art.damang
디자인   포레스트 웨일
펴낸이   포레스트 웨일
펴낸곳   포레스트 웨일
출판등록   제2021-000014 호
주소   충청남도 아산시 탕정면 용머리길 40 유니콘101 216호
전자우편   forestwhalepublish@naver.com

종이책   979-11-94741-10-7
전자책   979-11-94741-09-1

작가님들과 함께 성장하는 출판사
포레스트 웨일입니다.
작가님들의 소중한 원고를 받고 있습니다.
forestwhalepublish@naver.com